17. VI. 2013

Ein letzter Gruß
von Onkel Balu

Naggmann

Arne Svingen

Ein ganz schön starker Plan!

ARNE SVINGEN

EIN GANZ SCHÖN STARKER PLAN!

Aus dem Norwegischen
von Gabriele Haefs

Boje

Titel der norwegischen Originalausgabe:
»Litt av en plan!«

Umschlaggestaltung: Moni Port, Frankfurt
Satz: Helmut Schaffer, Hofheim
Gesetzt aus der Chaparral Pro
Druck und Einband: GGP Media GmbH, Pößneck

Printed in Germany
ISBN 978-3-414-82349-6

5 4 3 2 1

Sie finden uns im Internet unter: www.boje-verlag.de

Ein total genialer Plan

Vor über einem Jahr habe ich diese Übersicht gezeichnet und unter meine Matratze gelegt.

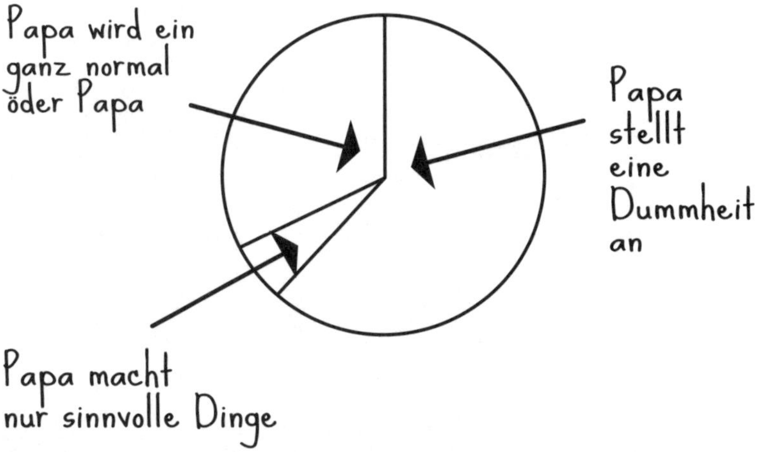

Sollte ich mich jetzt also freuen, weil ich recht behalten hatte? Es war nicht gerade Freude, die mich durchströmte, als ich am Küchentisch stand und den Zettel anglotzte. Er hatte mitten auf besagtem Küchentisch gelegen, als ich aus der Schule nach Hause kam. Obwohl ich den Inhalt sofort begriffen hatte, überflog ich den Text ein weiteres Mal.

Wie soll man reagieren, wenn ein Papa abhaut? Ich weiß

es nicht, aber mein Kopf kochte und ich hätte gern einen sauteuren Gegenstand an die Wand gefeuert.

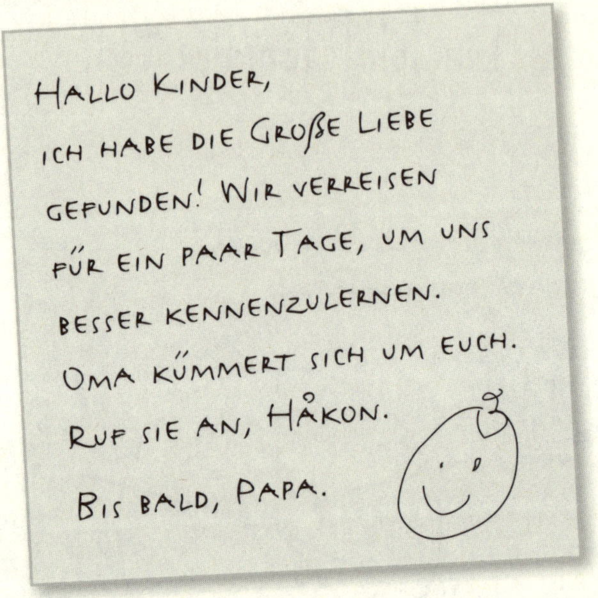
HALLO KINDER,
ICH HABE DIE GROßE LIEBE
GEFUNDEN! WIR VERREISEN
FÜR EIN PAAR TAGE, UM UNS
BESSER KENNENZULERNEN.
OMA KÜMMERT SICH UM EUCH.
RUF SIE AN, HÅKON.
BIS BALD, PAPA.

Früher oder später hatte ja etwas Wahnwitziges passieren müssen. Papa war frauensüchtig. Na ja, eigentlich wollte er nur süchtig nach einer einzigen Frau sein. Problem Nr. 1: Die fand er nie. Problem Nr. 2: Er fand jede Menge andere Frauen, die er eigentlich gar nicht wollte. Er hatte es mit einer Lehrerin mit Papageienstimme probiert und mit einer Köchin, die nur Tiefkühlpizza aß. Eine Woche war er mit einer Friseurin mit ziemlich dünnen Haaren zusammen gewesen. Die Liste war inzwischen ziemlich lang. Er suchte die Frau fürs Leben im Supermarkt, im Internet und in Cafés. Aber sie hatte sich offenbar ungeheuer gut versteckt.

Bis jetzt.

Ich legte den Zettel wieder hin. Papa war noch nie verreist. Ich hatte nicht einmal die Wahrscheinlichkeit dafür ausgerechnet, dass gerade das passieren könnte. Hatte Papa wirklich die große Liebe gefunden? Nach der er überall gesucht hatte?

Ein Mädchen, das einen Kopf kleiner und zwei Jahre jünger war als ich, kam zur Tür herein. Ich schwenkte den Zettel und meine Schwester rümpfte die sommersprossige Nase.

»Was hat er denn jetzt wieder angestellt?«, fragte Ida.

»Amuur und sonstwas.« Resigniertes Gesicht.

»Oh Himmel, nicht schon wieder Amuur. Wer ist es denn diesmal?«

»Keine Ahnung. Aber er ist weggefahren und wir sollen Oma anrufen.«

»Den Drachen?«

Ida stellte ihre Schultasche weg, las den Zettel, nahm den Saft aus dem Kühlschrank und trank gleich aus dem Karton. Das zeigte mir, dass sie total fertig war, denn Ida ist einwandfrei eine Glasbenutzerin. Wenn ich Ida zusammenfassen sollte, würde ich sagen, dass sie tiefernst und verdammt intelligent ist, und sie kann so traurig werden, dass man glaubt, die Erde wird noch vor dem Mittagessen untergehen. Ich habe Erwachsene sagen hören, Ida sei mein genaues Gegenteil. Und ich habe wirklich immer das Gefühl gehabt, dass die Erde von meinem Kopf aus gesehen ein wenig anders wirkt. So, als wäre ich mit den falschen Schrauben zusammengedreht worden und hätte einige Ersatzteile abgekriegt, die nur so halbwegs funktionieren. *Es ist besser, du bist du selbst, als dass du versuchst, ein anderer zu sein,* wie Papa immer sagt.

»Da steht ja nicht mal, wohin er gefahren ist«, seufzte Ida. »Er kann überall auf der Welt sein. Ich rufe ihn an.«

Sie griff zum schnurlosen Telefon und gab Papas Handynummer ein. Sofort fing es im Schlafzimmer an zu klingeln.

»Oh nein, immer vergisst er das Handy«, stöhnte Ida.

»Ich hab mir was überlegt«, fing ich an und wartete, bis sie das Telefon zurückgelegt hatte. Das war die pure Lüge. Die Idee hatte mich getroffen wie ein Schlag auf den Hinterkopf. Oder wie ein Blitz aus heiterem Himmel, wie Papa das nennt, auch wenn ich ziemlich sicher bin, dass man Wolken braucht, um einen Blitz zu produzieren. »Ich hab keine Lust, den Drachen anzurufen.«

»Wer soll uns denn dann versorgen?«

Ich sagte, sie sollte sich setzen. Dann setzte ich mich ihr gegenüber auf einen Stuhl und schaute ihr tief in die Augen. So, wie ich mir vorstellte, dass verantwortungsbewusste große Brüder mit wahnwitzigen Plänen das tun sollten.

»Wir versorgen uns selbst.«

Sie schien ein wenig zu brauchen, um zu begreifen, was ich da gesagt hatte.

»Versorgen uns selbst?«, wiederholte sie langsam in überaus skeptischem Tonfall.

»Ja, hör zu. Papa hält Oma für eine runzlige Wutechse. Nie im Leben wird er sie anrufen. Papa redet doch nie direkt mit ihr. Wir müssen doch immer alles für ihn ausrichten. Also können wir ein paar Tage allein sein und alles tun, wovon wir immer schon geträumt haben.«

»Wovon haben wir denn immer schon geträumt?«, fragte Ida, noch immer mit der skeptischen Stimme.

Ich überlegte. So weit hatte ich eigentlich noch nicht gedacht. Aber sofort zeigten sich eine Menge Möglichkeiten.

»Zum Frühstück Eis essen. Im Fernsehen anschauen, was wir wollen. Die Unterhose wechseln, wann wir wollen. Wenn Oma bestimmen darf, steigt ihr das zu Kopf. Ich glaube, Diktatoren sind nettere Babysitter als sie.«

»Das stimmt«, seufzte Ida.

»Dann ist das abgemacht. Papa bleibt doch sicher nur ein paar Tage weg.«

»Wir … wir können es ja probieren«, sagte sie.

Probieren war gut. Ida machte mit. Sie packte ihre Hausaufgaben aus und verteilte die Bücher auf dem Tisch. Ich suchte mir Papier und zog den Kugelschreiber heraus, den ich immer in der Tasche hatte. Wie immer wurde alles klarer, als ich es in ein Diagramm setzte.

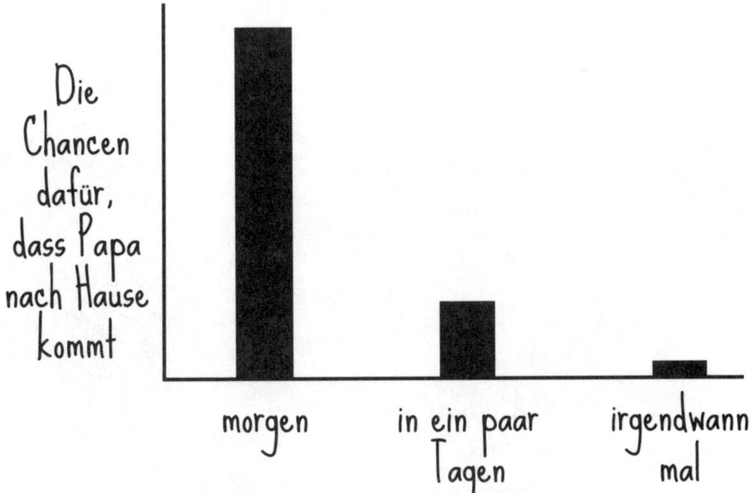

Drachengebrüll per Telefon

Wir wohnten im zweiten Stock in einem grauen Block. Ich weiß, nicht gerade spannend. Hier oben hatten meine Eltern schon gewohnt, als Ida und ich noch nicht auf der Welt waren. Eine glückliche Familie in einem tristen Block. Das waren wir.

Vor vier Jahren brannte Mama mit einem Handelsvertreter durch und ließ sich in einem Land nieder, von dem wir noch nie etwas gehört hatten. Sie versprach, dass wir uns in den Ferien sehen würden. Bisher ist das aber nicht passiert. Plötzlich waren wir eine triste Familie in einem tristen Block.

Als Papa lange genug getrauert hatte, weil Mama uns verlassen hatte, beschloss er, sich die perfekte Frau fürs Leben zu suchen. Keine, die mit dem erstbesten Staubsaugerverkäufer durchbrennt, sondern eine, die er mit all seiner Liebe überschütten könnte. Eine, die unseren Alltag zum Fest machen würde. Das klang ziemlich anstrengend. Aber Papa sagte, er habe ein Loch im Herzen. Er würde es nicht ertragen, wenn noch mehr darin gebohrt würde. Vielleicht war es die Angst vor all den Löchern, die es für ihn fast unmöglich machte, die Richtige zu finden. Oder vielleicht war es einfach unglaublich schwierig, eine nette Frau zu finden.

Ich habe das ja nie versucht. Egal, Papa ist keiner, der sich schnell geschlagen gibt.

Es war deutlich, dass er keinen Kurs für alleinerziehende Väter gemacht hatte. Väter mit durchlöcherten Herzen erleben vielleicht ziemlich viel Durchzug in ihrer Persönlichkeit. Auf jeden Fall sollten Papas mehr sein als gute Witzeerzähler, die viele DVDs kaufen. Sie sollten kochen können. Kleider kaufen. Dafür sorgen, dass Hausaufgaben gemacht werden. Abends vorlesen.

Die Gerüchte in der Schule behaupteten jedenfalls, das sei das normale Papa-Benehmen.

Papa wäre gern Musiker geworden, konnte aber kein Instrument spielen. Er nahm allerlei Jobs an und war immer bereit, etwas Neues auszuprobieren. Einmal bekam er einen Job als Kranführer, nachdem er im Internet ein Handbuch gelesen und sich selbst einen Kranführerschein gebastelt hatte. Niemand kam ums Leben, aber offenbar hätte nicht viel gefehlt. Entweder arbeitete er zu viel oder war die ganze Zeit zu Hause.

Ich bessere mich morgen oder nächste Woche, versprach Papa immer. Versprechen war seine starke Seite. Ich fragte mich manchmal, was er den Frauen versprach, mit denen er sich traf. Denn Papa kam an. Jedenfalls wirkte es so, als ob die Frauen ihn wollten. Was sie an ihm fanden, begriff ich wirklich nicht. Ich hätte ihn nicht empfohlen.

Unsere feste Babysitterin war der Drache. Wir mussten Oma selbst anrufen, denn Papa konnte die Vorstellung nicht ertragen, mit jemandem reden zu müssen, der ihn an Mama erinnerte.

Der Drache sagte immer, sie habe ihre eigenen Methoden.

Während Papa vorschlug, dass wir uns eine Fernsehsendung über den fettesten Teenager der Welt ansehen könnten, verkündete der Drache: *Macht jetzt eure Hausaufgaben, sonst schicke ich euch direkt ins Bett.*

Der Rest des Gesprächs konnte ungefähr so klingen:

»Aber wenn ich jetzt schlafen gehe, kann ich doch keine Aufgaben machen.«

»Du hast mich verstanden.«

»Eigentlich bin ich ein bisschen müde …«

»Aufgaben machen, Håkon!«

Es war nicht so leicht, den Drachen zu verstehen. Ihre einzige Übung mit Kindern war ja Mama gewesen und wir wussten schließlich, was dabei herausgekommen war.

Nichts hasste der Drache mehr als Entschuldigungen. Die wollte sie nicht mal mit ihrem tauben Ohr hören. Das Problem war, dass gute Entschuldigungen meine Spezialität sind. Man könnte sogar sagen, meine große Begabung. Es würde mich nicht wundern, wenn ich eines Tages Professor für Ausflüchte werde.

In diesem Moment brüllte das Telefon in meinen Gehörgängen. Es konnte Papa sein. Oder das wöchentliche Verhör durch den Drachen.

»Hallo, hier ist Oma«, sagte die Stimme im Telefon.

Ich musste tief Luft holen und mich zusammenreißen, um positiv zu klingen.

»Hallo«, sagte ich. »Was macht die Gicht?«

»Wie oft muss ich das noch sagen? Ich bin nur mit dem Knie gegen den Wohnzimmertisch gestoßen. Und das war vor über einem halben Jahr.«

»Das höre ich gern. Uns geht es auch allen gut. Ich muss jetzt weiter Aufgaben machen«, sagte ich und hoffte, dass das Gespräch an diesem Tag kurz ausfallen würde.

»Erzähl doch mal, wie es euch geht, bitte.«

»Plus-minus ganz normal. Ida macht in der Badewanne Toast, ich jongliere mit Messern, und Papa hat das Schlafzimmer voll mit nackten Frauen.«

»Håkon!«, sagte Großmutter vorwurfsvoll. »Ich tippe, ihr seid allein.«

»Tippst du jetzt neuerdings?«, fragte ich und fürchtete für einen Moment, Papa könnte sie informiert haben.

»Dein Vater treibt sich wohl mit irgendeiner Frau herum.«

»Nein, Keramik, wie üblich.« Papa setzte gerade auf Tassen und Schüsseln und machte einen zeitraubenden Abendkurs für Keramik.

»Soll ich rüberkommen und euch bei den Aufgaben helfen?«

»Nicht doch, nicht doch, hier ist alles in bester Ordnung. Niemand hat sich verletzt oder wird sich verletzen. Wir machen einen großen Bogen um den Wohnzimmertisch.«

»Das mit dem Wohnzimmertisch ist über ein halbes Jahr her.«

»Warum redest du dann noch immer darüber?«

»Das reicht jetzt, Håkon. Gib mir mal Ida!«

»Ich fand es auch nett, mit dir zu reden. Alles Gute für die Gicht«, sagte ich und gab Ida den Hörer. Sie wusste genau, wie sie Oma beruhigen konnte. Auch sie verriet nicht, dass Papa verreist war.

Ich malte auf, wie Oma zusammengesetzt war.

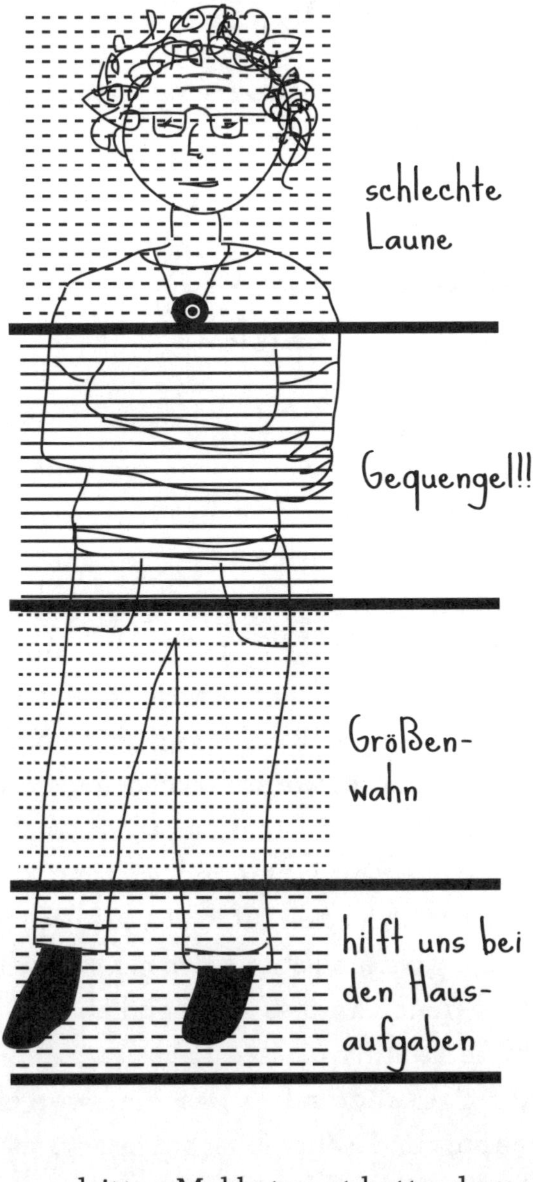

Sowie Ida zum dritten Mal beteuert hatte, dass alles in Ordnung sei, und sich von Oma verabschiedete, zeigte ich ihr eine Liste mit Vorschlägen für den Abend.

1. Wasserrutsche bauen
2. Hüpfburg aus Kissen im Wohnzimmer aufbauen
3. Beim Essen auf dem Kopf fernsehen
4. Draußen auf dem Gang Schlagball mit Wasserballons spielen

»Ich glaube, ich mache Hausaufgaben«, sagte Ida trocken und setzte sich an den Tisch.

»Oder Hausaufgaben machen. Das hätte ganz oben stehen müssen, zusammen mit Spülen und Aufräumen. Warum ist mir das bloß nicht eingefallen?«, fragte ich säuerlich.

Ida benutzte fast niemals irgendwelche Ausreden. Ihr war die Vernunft für die ganze Familie zugeteilt worden, und sie fand es wichtiger, zu tun, worum sie gebeten wurde. Manchmal fragte ich mich, ob wir überhaupt verwandt sein könnten. »Altklug«, hatte Papa sie einmal genannt. Andererseits: Es wäre vielleicht zu viel des Guten gewesen, wenn Ida auch noch meine einzigartigen Fähigkeiten gehabt hätte.

Natürlich hätte ich an diesem Abend ebenso langweilig sein müssen wie sie. Am nächsten Tag war wieder Schule und mein Ausredenlager war fast leer. Dass Papa weggefahren war, war zwar eine gute und wahre Entschuldigung, aber ich konnte sie ja nicht benutzen.

Ich setzte mich ihr gegenüber an den Tisch und zog meine Schulbücher aus der Schultasche.

»Ich dachte, wir könnten heute Abend Kartoffelchips mit Ketchup essen«, sagte ich.

»Das klingt gut«, antwortete Ida. Ich erwiderte ihr Lächeln, ging in mein Zimmer und schob die Hand hinter die Schublade unter dem Bett. Dann zog ich eine Plastiktüte heraus. In der Tüte steckte ein Schuhkarton und in dem Schuhkarton lag eine kleine Schachtel und in der Schachtel hatte ich eine Tüte Gummifrösche, die ich für eine ganz besondere Gelegenheit aufbewahrt hatte.

»Vorspeise«, teilte ich mit und servierte die Frösche auf einem Teller.

»Mm«, sagte Ida und steckte einen in den Mund, ehe sie besorgt die Stirn runzelte: »Wird das hier einer von deinen irren Einfällen?«

»Wie meinst du das?«, fragte ich und spielte den Beleidigten.

»Es ist nicht so einfach, allein zurechtzukommen.«

»Ich verspreche dir, ich werde ein verantwortungsbewusster großer Bruder werden. Ich hab schon Schlimmeres geschafft.«

»Was denn zum Beispiel?«

Ich überlegte, während ich auf dem Frosch herumlutschte. »Ich hab dem Lehrer eingeredet ...«

»Ausreden zählen nicht.«

Ich hatte an diesem Tag ein leeres Echo im Kopf.

»Ich hab einmal mit dem Mund einen Goldfisch gefangen.«

»Was hat das damit zu tun, dass wir allein zu Hause sind?«

Das war eine gute Frage. Und zu der gehörte eine gute Antwort. Das war jetzt aber schwer.

»Das war auch nicht so einfach. Außerdem lüge ich ja mit dem Mund«, erklärte ich und begriff sofort, dass ich das Gespräch auf ein anderes Thema bringen musste. »Aber ich verspreche dir, dass ich dich nicht anlügen werde. Ich will nur dafür sorgen, dass der Drache keine Gehirnwäsche mit uns macht und dass wir nicht ins Waisenhaus gesteckt werden.«

»Ich will nicht ins Waisenhaus«, sagte sie ängstlich.

»Vermutlich werde ich fast gar nicht lügen müssen. Nur ab und zu eine Notlüge, damit niemand begreift, dass wir allein sind. Für mich ist das wie Rad fahren. Ich brauche doch fast nicht nachzudenken, ehe ich eine kleine Lüge loslasse.«

Es war immer leicht zu sehen, wenn Ida nicht überzeugt war, sie bekam dann eine kleine gereizte Krümmung im Mundwinkel.

»Aber es gibt so viel, das schiefgehen kann«, sagte sie besorgt. »Das ist nicht wie Rad fahren.«

»Ich glaube, du übertreibst. Wenn du erst das Gleichgewicht auf dem Fahrrad gefunden hast, verlierst du es nie wieder.«

»Das hat aber nichts mit Rad fahren zu tun.«

»Manche haben ja Pech und kriegen eine Panne, oder die Kette springt ab, oder ihnen kommt ein LKW entgegen und die Bremsen funktionieren nicht …«

»Hör auf! Wir reden hier nicht von Rad fahren, das sag ich doch«, fiel sie mir genervt ins Wort.

Ehe ich mit dem Fahrradgerede weitermachen konnte, klingelte es an der Tür. Wir sahen uns an.

»Wer kann das denn sein?«, fragte Ida.

Ich hatte Lust ihr zu erklären, dass ich kein Hellseher bin, stattdessen ging ich zur Tür und schaute durch das Guckloch.

Draußen stand eine Frau, die weder alt noch jung war. Weder groß noch klein. Eine, die man nicht bemerken würde, selbst wenn sie auf und ab hüpfte und sang. Es war die Nachbarin mit den kräftigen Fäusten. Die kamen mir jedenfalls sehr kräftig vor, wenn sie an die Wand klopften. Aber wir hatten doch gar keinen Krach gemacht. Ich öffnete die Tür einen Spaltbreit.

»Hallo«, sagte ich und versuchte es mit meinem wirklich hinreißenden Lächeln.

»Ist dein Vater zu Hause?«, fragte sie.

»Kommt darauf an, wer fragt.«

Sie legte gereizt den Kopf schrägt.

»Ich bin deine Nachbarin. Du kennst mich.«

»Ich würde nicht behaupten, dass wir uns sehr gut kennen. Sie haben mich noch nie zu Tacos oder einem Schnaps eingeladen.«

»Was redest du da? Ist dein Vater zu Hause oder nicht?«

Ich machte den Spalt noch schmaler und setzte den Fuß innen vor die Tür. Solchen Nachbarinnen ist doch alles zuzutrauen. Während ich Jagd auf die Wörter machte, die sie nach Hause schicken könnten, ohne dass sie sauer würde, redete mein Mund immer weiter.

»Ich weiß zum Beispiel nicht sicher, wie Sie mit Vornamen heißen. Ich habe so ein Gefühl, dass es Gudrun ist. Ich nenne Sie jedenfalls schon seit vielen Jahren Gudrun, auch wenn ich nicht ganz sicher war.«

Sie machte eine verzweifelte Handbewegung.

»Ich heiße Cecilie. Aber Herrgott, Håkon ...«

»Das ist wirklich gut. Gudrun ist nicht gerade ein schöner Name. Falls Sie nicht noch andere haben, meine ich. Im Fernsehen hab ich einmal eine gesehen, die Lucy Elise Lise Elisabeth hieß. Aber sie wirkte nicht sonderlich zufrieden. Vielleicht lag das daran, dass sie schlechte Zähne hatte.«

»Ich heiße nur Cecilie.«

»Finden Sie es nicht auch ein bisschen traurig, nur einen Vornamen zu haben, den Sie sich nicht einmal selbst ausgesucht haben?«

Ihr Kopf kam mir jetzt vor wie eine Sauna, die bald den Siedepunkt erreicht haben würde. Sie wirkte furchtbar genervt, aber aufzugeben fiel ihr schwer.

»Dein Vater ist also nicht zu Hause?«, fragte sie und betonte dabei jedes Wort.

Ich schüttelte langsam den Kopf.

»Warum hast du das nicht sofort gesagt?«

»Das hätte ich ja tun können, aber manchmal bin ich ein schlechter Lügner.«

Ich log über das Lügen. Das war irgendwie seltsam.

»Was bedeutet das? Ist er doch zu Hause?«

»Nein, er ist beim Friseur.«

»Abends? Und außerdem ist dein Vater doch ganz kahl. Herrgott, ich gebe auf. Sag ihm, dass ich mit ihm reden möchte.«

»Das sage ich, wenn er fertig geschnitten hat. Er jobbt nebenbei bei *Schöner Scheren*, wissen Sie. Wir wollen übrigens für den Fernseher eine neue Surroundanlage kaufen, dann können Sie sich in Zukunft über den guten Klang freuen. Halten Sie einfach das Ohr an die Wand.«

An diesem Tag hätte mich nicht einmal ein Knebel stoppen können. Mein Mundwerk arbeitete ganz wie von selbst. Cecilie seufzte laut, schüttelte den Kopf und ging wieder in ihre Wohnung. Ich drehte mich zu Ida um, die alles gehört hatte.

»Da siehst du mal, wie leicht das ging«, sagte ich lächelnd. »Man muss nur ein bisschen mehr sagen als nur nein, sonst wird einem nicht geglaubt. Ein Verbrecher, über den ich mal was im Fernsehen gesehen habe, meinte, dass die Details zählen.«

»Glaubst du, sie hat das alles geglaubt?«

»Ich stecke ja nicht drin, das ist also schwer zu sagen. Aber bestimmt kommt sie so schnell nicht wieder. Vermutlich will sie auch nicht mehr mit Papa reden. Jetzt hat es so gewirkt, als ob er nicht mit ihr sprechen wollte.«

»Wir werden ja sehen«, sagte Ida kurz und machte sich wieder an ihre Hausaufgaben.

Ich sollte es wohl von Zeit zu Zeit zugeben, dass sie recht damit hat, wenn sie behauptet, dass die Lügen mich fast bei lebendigem Leib auffressen. Aber das konnte ich ihr nicht sagen. Die Wahrheit wird gern zu einem dicken Kloß, der einem dann im Hals feststeckt.

Stattdessen setzte ich mich hin und zeichnete ein Diagramm darüber, was die Nachbarin jetzt vielleicht unternahm.

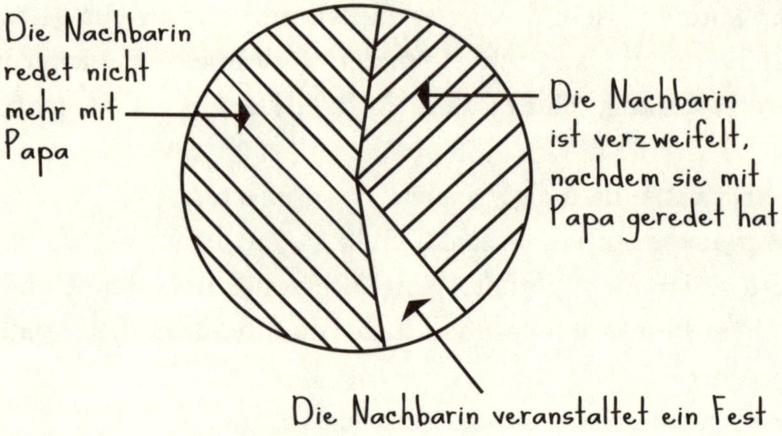

Ganz am Ende machte ich, was ich immer tat. Ich würfelte den Tag aus.

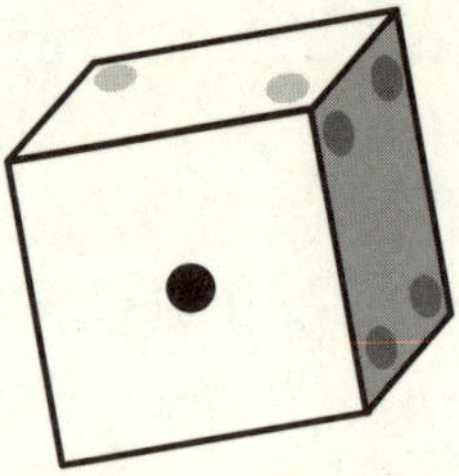

An diesem Abend lag ich im Bett und starrte zur Decke hoch. Ida und ich waren nicht zum ersten Mal abends allein zu Hause. Aber ich hatte dabei ein anderes Gefühl. Nichts ließ annehmen, dass Papa irgendwann in der Nacht hereingetorkelt kommen würde. Er würde nicht schnarchend im Bett liegen, wenn wir morgen aufstanden. Ich zog mir die Decke bis ans Kinn hoch und stopfte sie um mich fest.

Plötzlich hörte ich Schritte auf dem Gang. Ich sah einen

Schatten in der Türöffnung und merkte, wie mein Puls mir im Hals pochte.

»Papa?«

»Ich bin's nur«, sagte Ida. »Kann ich … bei dir schlafen? Ich hab ein bisschen …«

Sie beendete den Satz nicht, aber ich hatte das Gefühl zu wissen, welches Wort sie hatte sagen wollen.

»Sind wir nicht zu groß für so was?«

Sie schluckte.

»Auch wenn wir zu groß dafür sind.«

»Es wird ganz schön eng.«

Sie blieb eine Weile stehen. Dann machte sie kehrt und ging zurück in ihr Zimmer. Es war zu spät, sie zurückzurufen. Warum hatte ich das gesagt? Es würde schon eng werden, aber es wäre nicht unmöglich zu schlafen. Und wann ist man eigentlich zu groß, um jemanden zu trösten, der Angst hat?

Danach kam ich mir ein bisschen vor wie der einzige Mensch auf der Welt. Warum hatte ich nicht einfach die Decke hochgehoben und sie ein wenig bei mir liegen lassen? Den Arm um Ida legen und ihr gute Nacht ins Ohr sagen können? Das wäre jetzt sicher ein Schlafmittel gewesen. Stattdessen lag ich wach da und dachte daran, dass morgen alles besser sein würde. Ich hatte einen Plan, der gar nicht schiefgehen konnte. Vielleicht war es ein Traum. Es war jedenfalls ein total genialer Plan. Doch der nächste Tag wurde ganz anders, als ich das geplant hatte …

So daneben, mehr daneben geht nicht

Neuer Tag, neue Möglichkeiten. So dachte ich ungefähr, als ich aus dem Bett sprang. Aber nur, bis ich den Wecker sah. Warum standen die Zeiger auf total falschen Zahlen?

Ich lief zu Ida und fragte, ob ihre Uhr auch falsch ging. Das tat sie. So falsch, dass die erste Stunde jetzt gerade anfing.

»Wolltest du nicht den Wecker stellen?«, fragte Ida.

»Ich glaube, ich bin vorher eingeschlafen«, sagte ich und erwähnte nicht, dass ich die halbe Nacht wachgelegen hatte.

Ida lief ohne Frühstück aus dem Haus. Ich werde zum Monster, wenn ich nichts zu essen bekomme, und durchwühlte die Schubladen nach Müsli. Was ich fand, war Knäckebrot, das ich mit einer Papierschere über einer Schale voll Milch zerschnitt. Danach ließ ich eine Mischung aus allerlei Marmeladenresten hineinfallen. Diese Frühstückserfindung lag gut in meinem Magen, als ich aus der Tür trottete. Die magischen Minuten, um die ich zu spät kommen könnte, ohne zur Schnecke gemacht zu werden, waren längst vorbei. Es hatte keinen Sinn zu rennen. Ich brauchte außerdem Zeit, um mir eine Entschuldigung von Weltklasse auszudenken.

Aber wo versteckten sich die fantastischen Erklärungen, wenn man sie wirklich brauchte? Und wo war der total geniale Plan, den ich gestern gemacht hatte? Jedenfalls nicht in meinem Kopf.

Erst, als ich die Klasse betrat, war ich fertig mit meinen Überlegungen. Bernt, unser Lehrer, der wegen seiner borstigen Haare Bürste genannt wird, stemmte die Hände in die Hüften und begrüßte mich mit einer übellaunigen Grimasse.

»Ach, wer kommt denn da? Jetzt bin ich aber gespannt auf deine Erklärung, warum du so spät kommst.«

»Ich kann sie an die Tafel zeichnen.«

»Du willst deine Erklärung an die Tafel zeichnen?«

»Dann ist sie leichter zu verstehen.«

»Du überraschst mich immer wieder. Na los.«

Ich ging zur Tafel und schnappte mir ein Stück Kreide.

»Und was soll dass nun bedeuten?«, fragte Bürste.

»Selbst mit einem Hubschrauber hätte ich nicht rechtzeitig kommen können«, erklärte ich und fing an, den Hubschrauber zu zeichnen.

Bürste stöhnte laut. Aksel, Fredrik und einige andere aus der Klasse kicherten leise.

»Wisch die Tafel ab und setz dich, Håkon.«

Ich nahm den Schwamm und fuhr damit über die Zeichnungen.

»Da du zu spät bist, ist jetzt das Pech für dich, dass ich deine Hausaufgaben abhören muss«, sagte der Lehrer.

Ich schluckte. Ich hatte ja zusammen mit Ida Aufgaben machen wollen, aber dann stahlen einige Tortendiagramme und das Fernsehen meine Aufmerksamkeit, ohne dass ich das wirklich gemerkt hatte. Bürste hatte inzwischen einen ganz anderen Gesichtsausdruck. Er sah fast so aus, als ob ihm die Sache Spaß machte. Er konnte mich nicht zwingen, rechtzeitig zur Schule zu kommen, aber er konnte mich vor der ganzen Klasse blamieren. Ich wischte den letzten Rest der Zeichnungen weg und betete, dass er etwas fragte, worauf ich die Antwort wüsste.

»Es ist sogar eine leichte Frage«, fing Bürste an.

Ich atmete ein wenig auf.

»Wie heißt der höchste Berg der Welt?«, fragte er.

Das klang total einfach. So was, das alle Gehirne gespeichert haben. Außer meinem vielleicht. Oder vielleicht war diese Info nur herausgefallen, als ich sie dringend brauchte? Das Einzige, was ich noch hatte, war meine kranke Fantasie. Manchmal rettete sie mich.

»Der Berg da«, sagte ich und zeigte aus dem Fenster.

Es war eher ein Hügel als ein echter Berg. Natürlich wusste ich, dass er nicht einmal der höchste Hügel der Umgebung war. Aber die Verwirrung könnte sich vielleicht zu meinem Vorteil wenden.

»Der Berg da soll der höchste auf der Welt sein?«

»Ach, Sie haben die ganze Welt gemeint. Nicht nur den höchsten der Berge, die ich gerade sehen kann. Dann sieht natürlich alles ganz anders aus.«

Bürste seufzte noch einmal, tiefer als vorhin. Irgendjemand hinter mir kicherte.

»Welcher Berg ist also der höchste?«

»In Metern oder Kilos?«

»Welcher Berg ist der höchste auf der Welt«, sagte Bürste und betonte dabei deutlich jedes Wort.

»Sie als Lehrer müssten das doch eigentlich wissen.«

»Håkon, du hast jetzt noch eine letzte Chance«, sagte er mit strenger Stimme.

»Alles klar, es ist der Mount ...«

»Ja?«

Bürste sah für einen Moment zufrieden aus. Ich hatte richtig gedacht. Jetzt musste ich nur noch mit Stil abschließen.

»Mount Biggest?«

Ich konnte sehen, wie die Enttäuschung an seiner Gesichtshaut zog.

»Der höchste Berg der Welt heißt Mount Biggest?«

»So wird er jedenfalls in der Bergsteigerszene genannt. Einige sagen auch nur Biggi.«

»Aber Mount Everest zu sagen kommt nicht so häufig vor?«

»Das tun nur die, die noch nie oben waren.«

»Ich glaube, du solltest mal zur Rektorin gehen, Håkon. Wir lernen inzwischen alles über die Sherpas in Nepal, die den Bergsteigern auf den höchsten Berg der Welt helfen.«

Ich trottete aus dem Klassenzimmer und hörte das leise Kichern der anderen. Vermutlich hätte ich so sein können wie sie. Es kam mir nicht wahnsinnig schwierig vor. Ich schaffte es nur nicht so ganz. Immer, wenn ich normal sein wollte, passierte etwas Unnormales. Ich sagte etwas Falsches, tat etwas Unerwartetes oder hatte eine Wahnsinnsidee, die vielleicht doch nicht so Weltklasse war, wenn man sie in dem sah, was die Rektorin »das scharfe Licht des Nachhinein« nannte. Eigentlich gab es ziemlich viel, das diese starken Glühbirnen nicht ertragen konnte.

Ich besuchte die Rektorin nicht zum ersten Mal, man könnte wohl von einer wöchentlichen Visite sprechen. Natürlich kam sie nicht in Partystimmung, wenn ich schon wieder an ihre Tür klopfte, aber sie wirkte auch nicht so richtig verzweifelt. In der Regel servierte sie Clementinen oder Nüsse und verbreitete sich darüber, was an ihrem Ferienhaus am Meer alles repariert werden musste. Oder dass in ihrem Leben ein guter Mann fehlte. Ich erzählte ihr sehr wenig und nichts davon war wahr. Sie bat mich, dass ich mir in der Schule mehr Mühe gab, und ich versprach, mich ordentlich am Riemen zu reißen. Es kam vor, dass wir danach lachten. Ich weiß nicht so ganz, warum.

Ich hatte nichts gegen die Schule, aber ab und zu schien die Schule etwas gegen mich zu haben. Mathe war das einzige Fach, das auf meiner Seite war. Der Rest war wie mit Öl eingeschmiert, das Wissen entglitt mir einfach die ganze Zeit. Kein Lehrer hätte mich auch nur im Traum als seinen Liebling bezeichnet. Die einzige Liste, auf der ich ganz oben stand, war wohl die der Nervbolzen an der Schule. Am liebsten hätte ich mir etwas ausgedacht, das mich wahnsinnig beliebt gemacht hätte, aber Magie war auch nicht meine Stärke. Ich war ein blödes Stück Granit. Egal, wie sehr man auch an mir herumpolierte, ich wurde nicht zu funkelndem Gold. Ich hatte bestimmt nette Leute in der Klasse, war aber nicht sicher, weil ich es nie geschafft hatte, sie richtig kennenzulernen.

Die Rektorin telefonierte gerade, winkte mich aber herein und zeigte auf den Stuhl. Vor dem Fenster ging ein kleiner Junge im Kindergartenalter Hand in Hand mit seinem Vater vorbei. Der Junge sagte etwas, das den Vater zum Lächeln brachte. Irgendwo in mir spürte ich einen Kloß, den ich hochwürgen und weit weg spucken wollte.

»Und jetzt zu uns, Håkon«, sagte die Rektorin, als sie auflegte.

»Ich kann alles erklären.«

»Das kannst du bestimmt. Aber du begreifst sicher, dass es so nicht weitergehen kann. Ausflüchte, Verspätungen, Frechheiten – immer gibt es irgendetwas. Ich werde wohl deinen Vater zu einem Gespräch bitten müssen. Kann ich mich darauf verlassen, dass du ihm diesen Brief gibst?«

Ich sah sie an und schluckte. Wenn man plötzlich allein zu Hause ist, warum muss genau dann so viel Kleinkram schiefgehen? Meine Einstellung war immer schon: Wenn es ein Problem gibt, dann gibt es auch eine Lösung, auch wenn die sich manchmal sehr gut versteckt.

»Sie können ...«, begann ich und merkte, dass die Wörter irgendwo in mir feststeckten, » ... sich ... verlassen ...«

»Wie gut, dass ich mich auf dich verlassen kann.«

Ich hätte ihr gern klargemacht, dass das total unnötig war. Bürste würde mich nie wieder herschicken müssen. Ich hatte in der Schule sonst nie Wortverstopfung, aber jetzt saß alles fest. Vielleicht begriff irgendetwas in mir, dass nichts helfen würde. Jetzt müsste also Papa, der an einen unbekannten Ort verreist war, mit einer unbekannten Frau und einem total geheimem Heimreisedatum, bei der Rektorin antanzen.

Das kam wirklich ungelegen.

Während die Rektorin am Computer den Brief schrieb, bekam ich eine Clementine, schaffte es aber nicht, sie zu schälen. Die Rektorin druckte den Brief aus, unterschrieb, steckte ihn in einen Umschlag und klebte den zu.

»Darf ich ein kleines Lächeln sehen?«, fragte sie, als sie mir den Brief hinhielt.

Was würde passieren, wenn ich lächelte? In Gedanken machte ich eine Zeichnung.

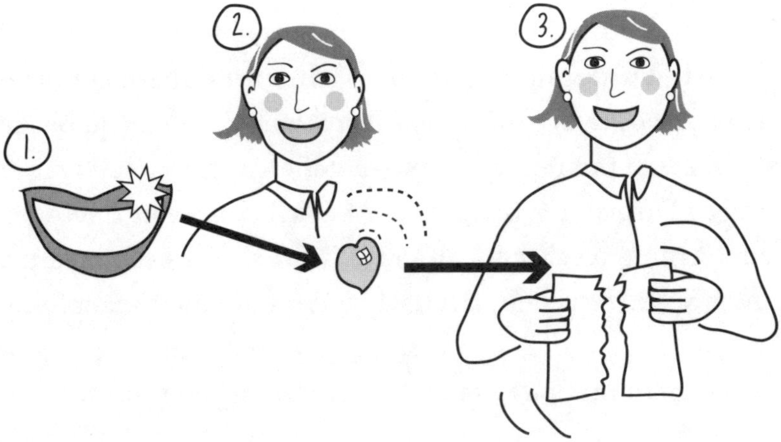

Also versuchte ich mein breitestes Grinsen, eins, das meine Ohren bewegte und das Zimmer erhellte.

»Na also. Und jetzt mach, dass du in deine Klasse kommst, und mach keinen Ärger mehr.«

Sie reichte mir den Brief und öffnete die Tür. Ich schlurfte, wirklich, ich schleppte die Füße hinter mir her, als ob ich die Schuhe voller Wackersteine hätte. Sicher würde ich mich auch aus dieser Klemme befreien. Ich müsste mir das nur oft genug sagen, dann würde mir garantiert eine geniale Lösung einfallen.

Den Rest des Tages hielt ich mich bedeckt. Es sollte eine Regel geben, die dafür sorgt, dass Leute, die den Kopf senken, als unsichtbar gelten, aber in Wirklichkeit ist der Körper eine riesige Masse, die viel zu viel von sich hermacht, auch wenn man es überhaupt nicht darauf anlegt.

»Saugute Erklärung«, sagte Aksel aus meiner Klasse.

»Jetzt dreht Bürste bald wieder durch. Mach nur weiter so«, fügte Fredrik hinzu.

Ich hatte längst kapiert, dass ich bei den Jungs nicht total angesagt war, ich war aber auch nicht total abgeschrieben. Eigentlich komisch. Ich befand mich in einer Art Niemandsland. Ich wurde nicht gemobbt. Ich wurde nicht ignoriert. Niemand wollte mit mir Fußball spielen oder mich zu Besuch haben. Doch meine Erklärungen gefielen ihnen. Ich war ein witziger Farbtupfer im Alltag. Aber ich war weit davon entfernt, zu einem echten Kumpel zu werden. Das schien ein zu großer Schritt zu sein, ich hatte jedenfalls nie herausfinden können, wie ich diesen Schritt schaffen sollte. Es gab wohl einen geheimen Code, den ich zuerst knacken musste.

Ich trottete mit den Wackersteinen in den Schuhen nach Hause, aber dann hörte ich hinter mir eine vertraute Stimme.

»Warte mal!«

Ich drehte mich um und Ida kam auf mich zugelaufen.

»Ich brauche Papas Unterschrift«, sagte sie.

»Er soll auch zur Rektorin kommen.«

»Und ich habe Hunger.«

»Ich habe vor einer Woche meine Spardose zerschlagen, um Lakritzschnüre zu kaufen. Hast du Geld?«

»Ein bisschen. Geht's dir schlecht?«

Klar ging's mir schlecht, aber ich gab keine Antwort, und wir schwiegen eine Weile. Am Ende blieb ich stehen. Die Frage war ganz richtig. Aber die Antwort, die ich ihr geben wollte, war falsch. Ida blieb zwei Schritte vor mir stehen und drehte sich um.

»Was passiert jetzt?«, fragte sie.

»Da ist ja gerade das Problem. Es passiert gar nichts, solange wir hier herumlungern. Und es sollten doch die lustigsten Tage aller Zeiten werden.«

»Ich bin ziemlich sicher, dass das hier nicht die lustigsten Tage aller Zeiten sind.«

»Das liegt daran, dass wir uns nicht genug Mühe geben.«

»Wie meinst du das?«

Ich versuchte es wieder mit dem breiten Lächeln. Ida lächelte unsicher zurück und sagte: »Jetzt siehst du unheimlich aus.«

Das war ein schlechter Anfang.

»Komm schon«, sagte ich und zog sie mit mir. »Jetzt geht es nämlich los.«

Schrecklich krankes Geld

Ich hatte früh begriffen, dass nur die Fantasie meinen Möglichkeiten hier im Leben Grenzen setzte. Wenn ich bezweifelte, dass etwas möglich war, dann wurde es auch unmöglich. Ein bisschen so, als ob ich die Tür von innen abschloss, wenn ich doch eigentlich nach draußen wollte. Deshalb fing ich an zu glauben, alles sei möglich. Ich beschloss auch jetzt, das zu glauben. Mit etwas Glück würde es gehen. Mit ganz schön viel Glück vielleicht. Aber ein findiger Junge wie ich hat ja wohl große Glücksmengen verdient, oder was?

Nachdem wir für die fast zweihundert Kronen aus Idas Spardose Süßigkeiten gekauft hatten, trafen wir vor dem Laden Papas Kumpel Rolf. Papa und Rolf hatten sich in einer Kneipe kennengelernt. Als Rolf erzählt hatte, dass seine Frau mit einem Deutschen durchgebrannt war, den sie auf Kreta kennengelernt hatte, mussten sie einfach Zechkumpane werden. *Wir sitzen verflixt noch mal in einem Boot*, sagte Rolf immer. Ich weiß nicht, ob sie sich überhaupt leiden konnten. Sie fuhren jedenfalls nie aufs Meer hinaus.

»Himmel, ihr seid's?«, fragte er. »Könnte mir gut mal bald ein paar Bierchen mit eurem Vater vorstellen. Ist er zu Hause?«

Ida und ich tauschten einen Blick. Konnten wir Rolf

vertrauen? Er hatte so etwas Cooles an sich und benahm sich meistens wie ein Jugendlicher in einem etwas zu alten Körper.

Ich ging aber doch kein Risiko ein und sagte: »Er ist ziemlich krank.«

»Ach, wirklich? Dann sollte ich vielleicht raufkommen und ihn mit ein paar kalten Pils aufmuntern.«

Wenn es ums Bier trinken ging, gab Rolf sich nicht so leicht geschlagen. Ich hatte ihn einmal mitten am Tag allein im Park Bier trinken sehen.

»Papa ist dazu zu krank.«

»Was hat er denn für eine Krankheit?«

Ich musste einfach etwas erfinden.

»Er will nicht, dass irgendwer das erfährt. Es ist ziemlich peinlich«, sagte ich und zeigte auf meinen Unterleib.

»Ach, Himmel. Kommt das von den Mädels?«

»Kriegt man so was von Frauen?«

»Vergiss es. Aber wer kümmert sich denn um euch?«

»So krank ist er auch wieder nicht.«

»Ist er nun schrecklich krank oder nicht so krank?«

Rolf hörte sich ziemlich skeptisch an.

»Eigentlich ist ihm das vor allem peinlich.«

»Das da unten?«, fragte Rolf und nickte zu seinem eigenen Unterleib hinunter.

»Und weil er pleite ist, glaube ich. Mama bezahlt nichts für uns und sein letzter Job ist ja nicht so gut gelaufen. Es ist peinlich, Papa zu sein und uns versorgen zu müssen, und dann ein leeres Konto zu haben. Aber du sagst das doch nicht weiter?«

Rolf schüttelte den Kopf und sagte: »Natürlich nicht. Aber dann braucht er doch erst recht ein Bier zur Aufmunterung.«

Herrgott, konnte er denn nicht endlich aufhören?

»Ich glaube, er würde sich viel besser fühlen, wenn er das Bier selbst kaufen und dich einladen könnte«, sagte ich und konnte sehen, wie Rolf darüber nachdachte.

Für einen kleinen Moment erwartete ich, dass er laut auflachen und schnauben würde, wie das sonst seine Art war. Er war doch Papas Kumpel und ich fürchtete, er wusste, dass mehr als eine leere Brieftasche und etwas Fieses im Unterleib nötig waren, damit Papa etwas peinlich wäre.

»Ich könnte ihm ja Geld leihen«, sagte er nachdenklich. »Wenn ihm das nicht peinlich ist, meine ich.«

»Nein, nein, das ist eine Superidee«, sagte ich, als wäre ich selbst nie auf diese Idee gekommen. »Er würde es sicher in Ordnung finden, sich von seinem besten Freund etwas zu leihen.«

»Ja, meinst du nicht auch? Ich könnte hier ein bisschen Geld abheben und es euch mitgeben.«

»Ich bin ganz sicher, dass ihm das helfen würde«, sagte ich aufmunternd. »Vielleicht würde er sogar mit uns ins Kino gehen oder uns eine richtige Mahlzeit vorsetzen.«

Rolf schaute die riesige Tüte mit den Süßigkeiten an und ich glaubte einen Moment lang, dass er dazu etwas sagen würde. Aber er lächelte nur und ging zum Geldautomaten hinüber. Unterwegs fragte er mich, wie viel Papa wohl brauchte.

»Mal sehen«, sagte ich und gab vor, alles durchzurechnen. »Eigentlich so viel wie möglich.«

Das Seltsame bei Glück ist, dass oft ein wenig Pech dazukommt. Rolf war nämlich so zufrieden damit, dass er unsere Familie vor dem Abgrund gerettet hatte, dass er versprach, bald vorbeizuschauen, vielleicht schon morgen.

»Kannst du nicht warten, bis wir richtiges Essen gekauft haben und bis Papa Bier besorgt hat … und bis wir das Hundefutter aus dem Schrank geräumt haben?«, fügte ich sicherheitshalber hinzu.

»Habt ihr Hundefutter gegessen?«

»Das darfst du nicht verraten!«

Und auf einmal hatte ich mehrere tausend Kronen in der Tasche. Papier wiegt unglaublich wenig, aber ich hatte das Gefühl, eine schwere Last zu tragen. Zugleich fühlte ich mich schmuddelig, schließlich hatte ich Papas Freund betrogen. Aber wir brauchten Geld, schon beim bloßen Gedanken an Hundefutter wurde mir schlecht, und so sah ich es als ein Darlehen, das Papa zurückzahlen würde. Diesmal kauften wir vernünftige Dinge, wie Eltern sie kaufen. Milch, Brot und Essen aus der Gefriertruhe. Außerdem Nachtisch. Eis und Karamellpudding. Ein bisschen Obst. Witzige Partyhüte. Ein Küchenhandtuch mit niedlichen Katzen, das Ida sich wünschte. Unser Einkaufswagen war voll.

Die Taschen mit unseren Einkäufen waren so schwer, dass unsere Arme mehrere Zentimeter länger wurden und wir auf dem Heimweg immer wieder Essenspausen einlegen mussten. Aber von den Gummikrokodilen und den Marshmallows wurde uns schon bald schlecht, auch wenn wir gerade erst den Gipfel der Süßigkeitentüte abgetragen hatten.

»Eigentlich habe ich Lust auf einen Hamburger«, sagte Ida, als wir fast zu Hause waren.

Wir hatten eine große Packung mit tiefgefrorenen Burgern gekauft. Trotz der Süßigkeiten, die in unseren Mägen schwappten, bekam ich gleich Lust auf einen saftigen Big Håkon Special.

»Verflixt, wir haben gestern das Ketchup aufgebraucht«, fiel mir ein und ich blieb stehen.

Ein Burger ohne Ketchup ist wie Wasser ohne Saft. Musste ich jetzt noch einmal in den Laden zurückgehen?

»Vielleicht können wir uns irgendwo was leihen?«, überlegte Ida.

Soviel ich wusste, hatte Papa nie viel mit den Nachbarn zu tun. Ich glaube nicht, dass er sie nicht mochte. Ihm war es eher wichtig, wie sie über ihn dachten. Cecilie aus der Nachbarwohnung war die Einzige, mit der er redete, aber ich war mir nicht sicher, ob sie einander leiden konnten. Ida und mich hielt sie jedenfalls für überaus aktive und laute Kinder. Vermutlich vor allem mich. Aber ich hatte keine große Lust auf einen weiteren Abstecher in den Laden.

Zu Hause verteilten wir alle unsere Einkäufe auf dem Küchentisch, dann stopften wir Schinken und Milch in den Kühlschrank, die Fertigmahlzeiten in die Tiefkühltruhe und die Nudeln in den Schrank. Die Küche ist rechts neben der Eingangstür. Aber zuerst kommt ein schmaler Gang und dann noch ein Gang ... Moment mal, ich zeichne einen Plan der Wohnung.

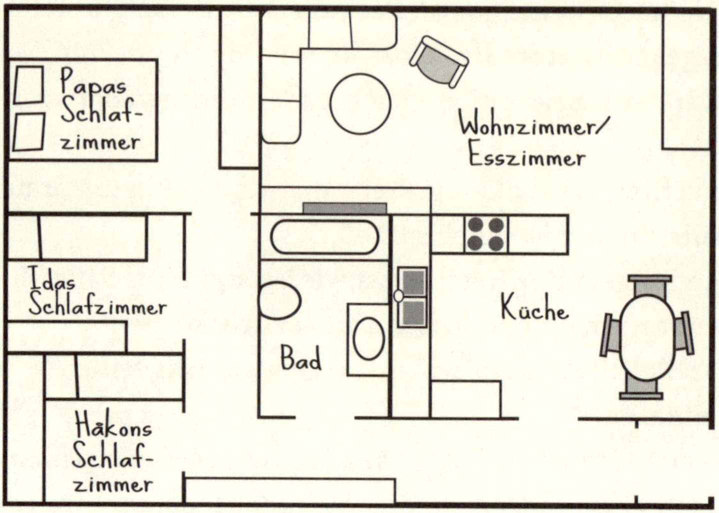

Die Wohnung liegt also in einem Block, der so grau ist, dass man ihn kaum bemerkt. Der Architekt hat sich sicher gelangweilt, als er den entworfen hat. Die Gegend wimmelt nur von diesen riesigen Kästen in unterschiedlichen Höhen und Breiten.

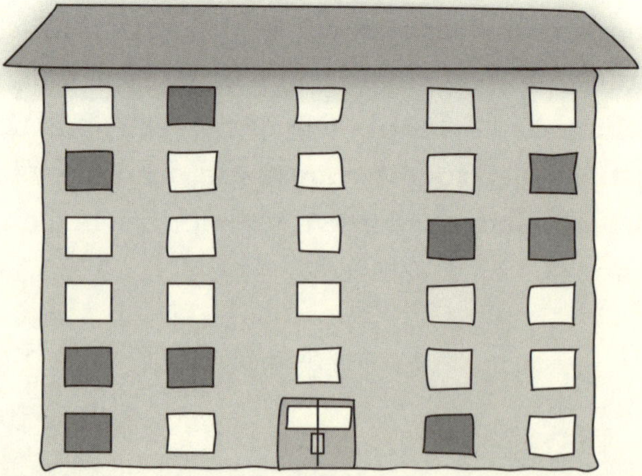

Ich ging wieder ins Treppenhaus, atmete tief durch und hielt lange den Atem an. Dann klingelte ich und hörte bald Cecilies Schritte. Als sie die Tür öffnete, atmete ich aus.

»Stimmt was nicht?«, fragte Cecilie, als sie sah, wie atemlos ich war und ganz rot angelaufen.

Sie trug ein weites T-Shirt und eine Trainingshose.

»Papa ist im Badezimmer ausgerutscht«, sagte ich mit heller, ängstlicher Stimme.

»Hat er sich verletzt? Soll ich helfen kommen?«, fragte sie erschrocken.

»Er ist unter der Dusche ausgerutscht, deshalb ist er splitternackt.«

»Oh! Soll ich einen Krankenwagen holen?«

»Nein, das geht schon. Ich sollte nur sagen, dass er eigentlich herüberkommen und mit Ihnen reden wollte, aber jetzt wird er es heute wohl nicht mehr schaffen.«

»Das macht doch nichts. Es eilt ja nicht. Aber wie geht es ihm?«

Ich versuchte, schwer zu schlucken, ehe ich weiterredete.

»Ida zieht ihm gerade einen von Mamas Röcken an, eine Hose geht ja nicht, wie er so daliegt. Weil er gefallen ist, muss ich Essen kochen. Und ich habe gerade gesehen, dass wir kein Ketchup mehr haben, und wenn er das entdeckt, will er bestimmt unbedingt einkaufen gehen. Und ich glaube, das wäre heute nicht so günstig, verstehen Sie? Der Rock steht ihm doch überhaupt nicht.«

Cecilie sah mich an. Ich überlegte einen Moment, ob ich anfangen müsste zu weinen, um sie zu überzeugen. Mein Dackelblick gelang mir vielleicht doch nicht so gut wie ich gehofft hatte. Aber dann nickte sie mir zu und lächelte beruhigend.

»Klar kannst du Ketchup leihen«, sagte sie und ging zur Küche.

»Sie sind wirklich total in Ordnung«, rief ich hinter ihr her. »Superfrau ... und so.«

Ich hatte es jetzt begriffen. Wenn Ida und ich bis zu Papas Heimkehr überleben wollten, würde kein Weg an riesigen fetten, wilden Lügen vorbeiführen. Es war so, als würde ich ohne Sicherheitsnetz über ein wahnsinnig schlaffes Seil balancieren. Obwohl ich lange Übung mit kleinen Lügen hatte, hatte ich plötzlich das Gefühl, dass die Qualität der Lügen lebensentscheidend wäre. Nur ein skeptischer Kommentar und ich würde auf der Nase landen.

»Tausend Dank, Cecilie«, sagte ich, als sie mir die Ketchupflasche reichte. »Ich bring sie bald zurück.«

Es war viel schwerer, Hamburger zu machen, als es bei McDonald's aussah. Zum einen mussten die Burger im genau richtigen Moment umgedreht werden, während ich zugleich versuchte, den Salat zu schneiden, ohne mir dabei die Finger abzusäbeln. Richtig schief ging es jedoch erst, als ich den Käsehobel nehmen wollte und er unter meinem Zeigefingernagel hängenblieb. Ich heulte laut auf, als der Nagel abging.

»Was ist los?«, fragte Ida.

Ich biss die Zähne ganz fest zusammen. Eine ganze Menge Blut lief über meine Fingerspitze. Der Schmerz jagte durch den Finger.

»Da muss was dran sein, dass die meisten Unfälle im Haushalt passieren«, sagte ich und wickelte meinen Finger in einen Verband, den Ida nach einigem Kramen im Schrank gefunden hatte.

Danach aßen wir Cheeseburger mit Salsa-Soße, knusprig gebratenen Zwiebeln und so viel Ketchup, dass mein Verband ganz rot wurde.

»Tut mir leid, dass die Burger ein bisschen angebrannt sind«, sagte ich.

»Angebrannt schmecken sie am besten«, sagte Ida tröstend und lächelte.

An manchem Abend kommt alles irgendwie in Ordnung. Nicht einmal der furchtbare Schmerz in meinem Finger konnte das ruinieren. Wir bauten im Wohnzimmer zwei Burgen und kämpften mit Kissen und Wasserballons. Danach wurde das Sofa zur Bühne und die Stehlampen wurden zu Scheinwerfern, während wir zweistimmig so laut brüllsangen, dass Cecilie von nebenan an die Wand hämmerte. Danach fälschte ich Papas Unterschrift auf Idas Zettel, jedenfalls hatten einige Buchstaben und Schlingen Ähnlichkeit. Überraschenderweise hatte ich vor dem Schlafengehen sogar noch Kraft genug für meine Hausaufgaben. Erschöpft lag ich später im Bett und wusste nicht so recht, welche Note ich dem Tag geben sollte. Ich musste ihn erst mal als Kurve zeichnen, um die richtige Menge von Punkten auf dem Würfel zu finden.

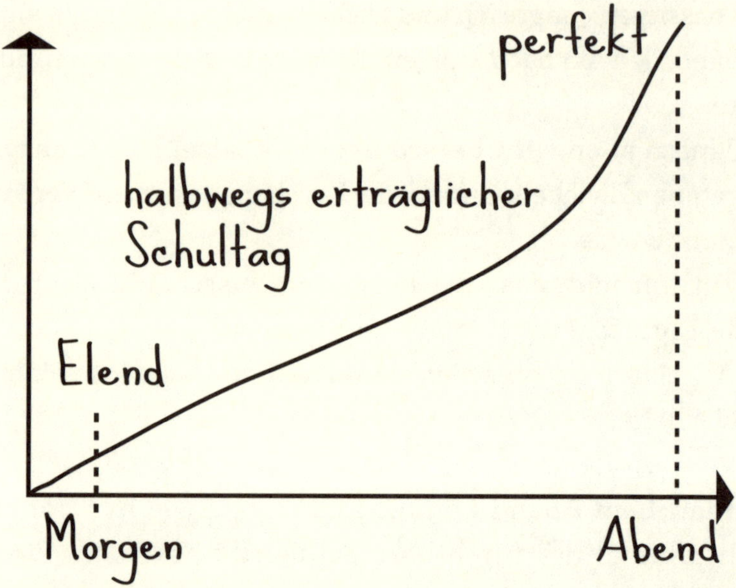

Es half nichts, dass das Ende gut gewesen war, insgesamt war es ein weniger als mittelmäßiger Tag gewesen.

Ich sah meinen ketchuproten Verband an und spürte den Schmerz, wenn ich den Finger bewegte. Der Verband hielt den Nagel an Ort und Stelle fest, aber vermutlich hatte er sich unwiderruflich gelöst.

Plötzlich stand Ida ohne ein Wort zu sagen in der Tür. In

der Hand hielt sie den Teddy, den sie von mir geerbt hatte. Ich hob die Decke hoch. Sie kam angetrottet und kroch ins Bett.

»Danke«, sagte sie und wickelte sich in die Decke.

Ich wollte den Arm um sie legen, aber meine Hand fand keinen Landeplatz. Deshalb drehte ich mich um und stellte mir vor, wie gut der nächste Tag werden würde. Klar, das hier war der Anfang eines gewaltigen Aufstiegs.

So musste es doch wohl sein?

Am nächsten Morgen wurde ich davon geweckt, dass die Türklingel einen Höllenlärm veranstaltete.

Lockruf des Goldes

Ich setzte mich auf, schaute zum Wecker hinüber und glaubte zuerst, verschlafen zu haben. Mein Kopf war ein Nebelmeer. Ich hatte das Gefühl, dass irgendwer die ganze Nacht lang mit Spikes über meinen Finger getanzt hatte. Es war noch eine ganze Stunde, bis ich aufstehen musste. Wer klingelte da so früh? Brannte es? Oder konnte es Papa sein, der den Schlüssel verloren hatte? Und wo war Ida geblieben? Ich taumelte aus dem Bett und stieß im Flur auf sie.

»Ich hab sie durch das Guckloch gesehen«, sagte sie leise.

»Wen?«

»Eine Frau. Keine Ahnung, wer das ist.«

Der Lärm tat meinen Ohren weh, denn nun klingelte es schon wieder. Die Möglichkeiten wirbelten mir durch den Kopf.

1. *Wir könnten still stehen und hoffen, dass sie wieder geht.*
2. *Wir könnten öffnen und sie mit einem Besen vertreiben.*
3. *Wir könnten öffnen und fragen, was sie will.*

Immerhin bestand die Möglichkeit, dass sie etwas über Papa wusste. Ich ging zur Tür und machte auf.

»Ach, hallo«, sagte sie überrascht. »Ich wusste gar nicht, dass es dich gibt.«

»Das scheint aber der Fall zu sein«, antwortete ich und wusste nicht, was sie meinte.

»Oh, da ist ja noch eine! Wie nett ihr ausseht. Wie heißt ihr denn?«

Ida stand jetzt hinter mir.

»Buster und Zwiebel-Anna«, sagte ich.

»Wir heißen Håkon und Ida«, korrigierte Ida.

»Wie alt seid ihr?«

»Moment mal. Was wollen Sie überhaupt?«, fragte ich verwirrt.

»Du, ich muss mit Goldi sprechen«, sagte sie.

»Sie wollen mit … Goldi sprechen?«

»Ich meine Guttorm. Es ist wichtig.«

Papa heißt zwar Guttorm. Aber nie hat irgendwer ihn bisher Goldi genannt. Nur sehr wenig an ihm erinnert an Gold. Hätte sie gesagt, Falschgeld, dann hätte ich das verstanden. Die Frau trug einen lila Glitzerschal um den Hals, sie hatte blonde Haare und einen schwarzen Rock, der sich über ihrem Hintern spannte. Ich bereute schon, dass ich die Tür geöffnet hatte.

»Sie werden hier kein Gold finden«, sagte ich langsam und musste einfach fragen. »Warum nennen Sie ihn Goldi?«

»Das ist ein Kosename. Du weißt schon, wie Liebespaare ihn verwenden.«

Ida und ich wechselten einen verdutzten Blick.

»Aber wenn Sie seine Freundin sind, warum sind Sie dann hier?«

»Warum soll ich denn meinen Freund nicht besuchen dürfen? Das machen Liebespaare so. Bestimmt durfte ich euretwegen noch nie herkommen. Eigentlich total unfair. Ich liebe Kinder doch so sehr, aber er hat nie gesagt, dass er Kinder hat. Denn ihr seid doch wohl seine Kinder?«

»Da bin ich mir ziemlich sicher. Aber ich verstehe nicht, warum Sie nicht verreist sind?«

Sie runzelte besorgt die Stirn.

»Hat er gesagt, dass ich verreist bin? Ich kann ihn nicht erreichen. Am Handy meldet er sich nicht. Und da dachte ich, ich könnte mit ihm sprechen, ehe er zur Arbeit geht.«

»Zur Arbeit?«, fragte ich und überlegte, ob die Frau vielleicht neue Informationen hatte.

»Ja, beim Ministerium.«

»Sie meinen, beim Staat?«

»Er ist doch Abteilungsleiter im Finanzministerium.«

Ich versuchte, diesen Worten eine Art Sinn zu entlocken. Es war ziemlich sicher so, dass Papa kein Abteilungsleiter war, schon gar nicht irgendwo, wo man mit Geld zu tun hatte. Die Frau mochte ja im Kopf ein wenig knusprig gebraten sein, aber was sie sagte, klang eigentlich nicht so sehr nach Irrsinn.

»Ja, manchmal vergesse ich das«, sagte ich langsam. »Vor Kurzem war er ja noch im Arbeitslosigkeitsministerium.«

»Aber wo ist er denn jetzt?«

»Er musste Nachtschicht machen« sagte ich schnell. »Abteilungsleiter im Ministerium müssen das häufiger mal.«

»Aber hat er Ihnen wirklich nie von … uns erzählt?«, fragte Ida vorwurfsvoll.

»Er hat gesagt, dass er als kleiner Junge eine Katze hatte. Das war alles. Aber ihr seid doch einfach … wunderbar«, sagte die Frau und lächelte bis zu den Fältchen um ihre Augen.

Ich spürte, wie in mir eine Art Kloß aus Wut wuchs. Außerdem hatte ich große Zweifel daran, dass sie uns wunderbar nennen würde, wenn sie uns erst besser kennenlernte.

»Wenn Papa sich am Handy nicht meldet und Sie nicht zurückruft, sollten Sie das vielleicht als Hinweis auffassen.«

Die Frau kniff die Augen zusammen.

»So leicht kommt er nicht davon.«

Sie riss die Tür auf und drängte sich an uns vorbei. Ich wollte um einen Durchsuchungsbefehl bitten, aber sie kam mir zu wütend und durchtrainiert vor. Zuerst suchte sie in Wohnzimmer und Küche, danach sogar unter der Decke in Papas Schlafzimmer. Nachdem sie im Badezimmer im Korb für schmutzige Wäsche und unter unseren Betten nachgesehen hatte, ließ sie sich auf das Sofa fallen und hielt sich den Kopf mit beiden Händen, als ob der plötzlich bleischwer geworden wäre.

»Ich hatte gedacht, er sei anders«, murmelte sie leise.

Ida trat dicht an sie heran und legte ihr die Hand auf den Rücken. »Wir hatten auch gehofft, dass er anders werden würde«, sagte sie und streichelte die Frau liebevoll.

Sie schaute zu uns auf.

»Ich muss es von ihm selbst hören, wenn er mich nicht mehr will. Tut mir leid, aber ich muss einfach hier auf ihn warten«, sagte sie energisch. »Und dass er mir nichts über seine feinen Kinder erzählt hat …«

Ida und ich wechselten einen Blick. Eine liebeskranke Frau, die tagelang, vielleicht wochenlang auf unserem Sofa herumlag, konnten wir wirklich nicht gebrauchen. Und was würde sie tun, wenn ihr aufging, dass Papa nicht von der

Nachtschicht im Finanzministerium kommen würde? Ich hatte Lust, eine Gemeinheit über Papa zu sagen, etwas, das ihr klarmachte, wie er wirklich war. Aber eigentlich wollte ich sie nur loswerden und endlich wieder unter meine Bettdecke kriechen.

»Ich rufe die Polizei an«, verkündete ich und ging zum Telefon.

»Dann zeige ich ihn wegen Diebstahls an«, sagte die Frau.

»Wegen Diebstahls?«

»Er hat Geld von mir geliehen. Ziemlich viel.«

Damit wussten wir, wieso Papa zusammen mit einer Frau verreisen konnte, auch wenn wir eigentlich immer pleite waren. Die Banken hatten Papa aufgegeben. Wir hätten sicher mit Rechnungen heizen können, wenn wir einen Kamin gehabt hätten. Jetzt war er auf Kosten dieser Frau auf Weltreise. Und sie durfte offenbar nicht mitkommen. Er war eine Art Doppelrennen mit zwei Frauen gefahren. Wenn ich mir das überlegte, musste mir eine Frau, die auf diese Weise fallen gelassen wurde, eigentlich ganz schön leidtun. Ich holte ein Glas Milch und stellte es vor sie hin. Sie sah das Glas lange an, dann schaute sie zu mir hoch. Ich nickte, wie um zu sagen, dass die Milch nicht vergiftet war und ihr Verfallsdatum noch nicht erreicht hatte. Die Frau nippte daran und bekam einen kleinen Milchbart.

»Wir haben auch nie von Ihnen gehört«, sagte ich. »Wie haben Sie Papa kennengelernt?«

Die Frau sah zuerst mich an, dann Ida. Während sie erzählte, zeichnete ich auf die Rückseite des Umschlags mit dem Brief der Rektorin einen Plan von Papas Gehirn.

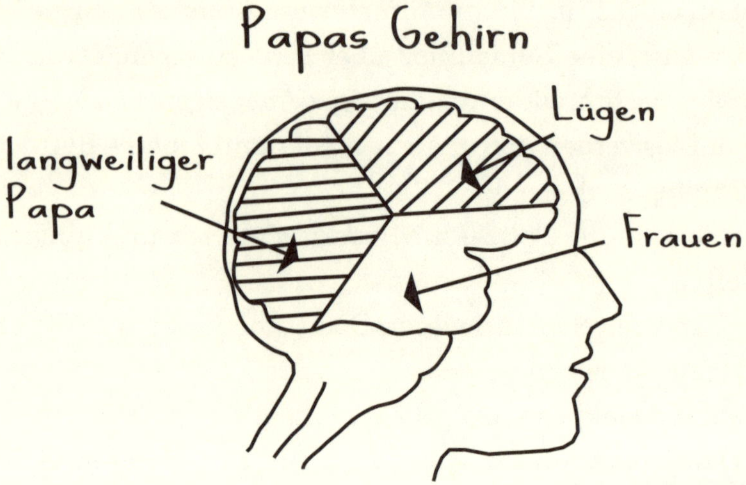

Vielleicht ist es so, dass alle ab und zu einen kleinen Schock brauchen? Vielleicht war es gut für mich, wenn ich entdeckte, dass die Welt nicht so eingerichtet war, wie ich glaubte? Und ich etwas erlebte, das mich ein wenig schlechter schlafen und misstrauischer werden ließ? Ich war mir nicht sicher. Aber es war nicht witzig zu hören, dass Papa die Frau in einem Datingforum im Internet kennengelernt und ihr versprochen hatte, sie würden zusammenbleiben, für immer, nur sie beide. Sie würden Kinder bekommen, was sie sich so sehr wünschte. Aber Papa hatte vergessen zu erwähnen, dass es Ida und mich gab. Stattdessen lieh er sich Geld von ihr, um einen wütenden Kerl zu bezahlen, der ihm sonst die Beine brechen würde. Es sollte nur ein kleines Darlehen sein, bis er das Geld für ein Auto bekam, das er verkaufen wollte. Es war klar, dass Papa und ich verwandt waren. Wir konnten beide lügen, dass sich die Balken bogen.

»Papa hat gar keinen Führerschein«, sagte ich ernst. »Und der Einzige, der ihm die Beine brechen möchte, bin wohl ich.«

Die Frau hieß Isabell und war Nageldesignerin. Sie selbst hatte zehn rote Krallen. Isabell meinte, Papa habe alles, was sie sich je bei einem Mann gewünscht habe. Sie waren ins Restaurant, ins Café, ins Kino gegangen. Der Rest der Geschichte klang wie aus einer langweiligen Fernsehserie entsprungen. Kaum hatte er das Geld bekommen, da hörte sie nichts mehr von ihm. Genauso war er von Ida und mir abgehauen. Aber Isabell hatte er nicht einmal einen Zettel auf dem Küchentisch gegönnt.

»Da war er wohl doch nicht der Mann meiner Träume«, seufzte Isabell und leerte das Milchglas.

»Er ist auch nicht der Papa meiner Träume«, sagte Ida dazu.

»Aber er hat doch Kinder. Ich begreife nicht, warum er mir das nicht erzählt hat. Ihr seid ja so reizend. Wir könnten es so schön zusammen haben, wir vier. Geht es euch denn gut?«

Ida und ich nickten gleichzeitig. Sicher wäre es das Beste, Isabell hinauszuschaffen und zu hoffen, dass sie sich niemals wieder blicken lassen würde. Aber in mir schwappten so viele Gefühle herum, dass ich beschloss, alles auf eine Karte zu setzen.

»Papa ist verreist.«

Isabell sah mich erschrocken an. Ich bereute schon, das verraten zu haben.

»Ja, im Auftrag der UNO, er muss eine neue Finanzkrise verhindern. Er musste mitten in der Nacht aufbrechen und der Geheimdienst hat einen Babysitter geschickt. Aber wir mussten die ganze Zeit Liegestütze machen und …«

»Er arbeitet wohl gar nicht im Finanzministerium, oder?«, fiel sie mir ins Wort.

Ich schluckte. Meine Notlügen stanken.

»Er ist arbeitslos«, verriet Ida. »Und jetzt ist er mit einer anderen verreist. Das stand jedenfalls auf dem Zettel.«

»Er hat eine andere?«, fragte Isabell erschrocken.

»Sie ist sicher nicht so hübsch wie Sie«, versuchte ich zu trösten. »Ich interessiere mich ja nicht so sehr für Frauen, die so alt sind wie Sie. Auch wenn Sie nicht so alt sind wie die, die richtig alt sind. Aber dafür, dass Sie so alt sind, sind Sie wirklich hübsch.«

Es war gar nicht so einfach, Frauen zu trösten.

»Wer passt denn auf euch auf?«, fragte sie

Wieder wechselten Ida und ich einen Blick.

»Wir passen gegenseitig auf uns auf«, erklärte Ida.

»Ich weiß ja nicht so viel über Kinder, aber so richtig üblich ist das in eurem Alter wohl nicht.«

»Kommt darauf an, in welchem Land man ist«, sagte ich. »Außerdem sehe ich so früh am Morgen immer sehr jung aus.«

»Mir scheint, Männer, auf die man sich verlassen kann, sind wirklich eine aussterbende Art«, seufzte Isabell.

Ich wollte schon etwas über Dinosaurier und Mammute sagen, riss mich aber zusammen und fügte nur hinzu: »Mamas auch.«

»Können wir uns auf Sie verlassen?«, fragte Ida.

Isabell schien von dieser Frage überrascht zu sein.

»Ja, ich glaube … ich meine, ja, klar könnt ihr euch auf mich verlassen.«

»Ich meine das so, dass Sie das nicht einmal Ihrer allerbesten Freundin erzählen, der Sie sonst alles Mögliche sagen«, sagte Ida.

»Solche Freundinnen habe ich nicht. Aber egal, ich verspreche.«

Ida setzte sich neben ihr auf das Sofa und fragte: »Warum ist es so schwer, den richtigen Partner zu finden?«

»Wenn ich das wüsste, könnte ich sicher Millionen verdienen. Aber ich glaube, das ist eines der größten Mysterien des Lebens. Wenn die Liebe dich plötzlich trifft, ist es wie ein Puzzlespiel, bei dem alle Stücke sich von selbst zusammenfügen. Alles wirkt irgendwie richtig. Du hast das Gefühl, wahnsinnig Glück zu haben, und bist ein bisschen verwirrt, weil es so einfach zu sein scheint. Aber es passiert nur so selten.«

»Ist das ein bisschen, wie auf der Straße Geld zu finden?«, fragte ich. »Das passiert sehr selten und wenn man das Geld dann findet, weiß man nicht so ganz, was man damit machen soll. Ein bisschen so, als ob man nicht weiß, ob man sich freuen darf.«

Isabell lächelte. Für eine Erwachsene war sie wirklich hübsch. »Ja, so vielleicht. Ich sollte euren Vater wohl aufgeben, aber ich merke, dass ich wenigstens mit ihm reden muss. Darf ich wiederkommen? Oder anrufen?«

Wir nickten. Sie schrieb ihre Nummer auf den Briefumschlag, auf dem ich gezeichnet hatte, und sagte, wir sollten anrufen, wenn wir reden wollten. Wir gaben ihr unsere Festnetznummer, weil wir keine Lust hatten, mit Papas Handy durch die Gegend zu laufen. Isabell sagte noch weitere nette Dinge über uns und ich spürte, dass meine Wangen langsam zum Ofen wurden. Als sie gegangen war, fühlten wir uns so platt, als wäre alle Luft aus uns rausgeströmt. Wir saßen auf dem Sofa und starrten vor uns hin.

»Ich hab eine Idee«, sagte ich und öffnete den Brief der Rektorin.

»Das habe ich schon befürchtet«, sagte Ida.

Steter Tropfen höhlt den Stein

Ich kam rechtzeitig zur Schule, ohne zu rennen. Bürste wirkte zufrieden, während einige Jungs aus der Klasse sichtlich enttäuscht waren, weil der unterhaltsame Teil ausfiel. Außerdem hatte ich meine Hausaufgaben gemacht. Aber Bürste nahm mich nicht dran, obwohl ich mit dem Arm fuchtelte wie bei einem Fußballspiel. Aksel und Fredrik fragten, ob ich *eine Kiste am Laufen hätte,* und ich antwortete, *abwarten und Tee trinken.* Es konnte ja nichts schaden, die Erwartungen hochzuhalten.

»Was hast du denn mit dem Finger gemacht?«, fragte Sara.

»Mir zu fest in der Nase gebohrt«, antwortete ich.

In der großen Pause wollte ich meinen Plan in die Tat umsetzen. Ich ging nach unten zum Lehrerzimmer und fragte nach der Rektorin. Sie wirkte nicht wahnsinnig begeistert über meinen Anblick, deshalb musste ich ihr versichern, dass ich rechtzeitig zur Schule gekommen war, alle Aufgaben gemacht hatte und nicht von Bürste geschickt worden war.

»Ich soll nur von meinem Vater grüßen und sagen, dass es morgen gut geht«, erzählte ich.

»Das ist schön. Ist das alles?«

»Er wollte nur wissen, ob er auch anrufen kann.«

Die Rektorin schlug die Arme übereinander.

»Ich muss ihn doch kurz herbitten.«

Mit dieser Antwort hatte ich gerechnet.

»Okay, aber dann wird er sicher noch deprimierter.«

»Das musst du mir erklären.«

Die Rektorin gab sich niemals leicht geschlagen, aber ich hatte schon eine Erklärung parat. Das Gespräch mit Rolf hatte mich auf die Idee gebracht. Niemand spricht gern über Probleme mit dem Unterleib. Je weniger Fragen ich beantworten müsste, umso leichter würde mir das Lügen fallen. Ich holte Luft, als ob mir das, was jetzt kam, wahnsinnig peinlich wäre.

»Er tropft«, sagte ich ganz leise und starrte zu Boden.

»Was hast du gesagt? Er tropft?«

Ich schaute mich um, wie um mich davon zu überzeugen, dass niemand uns hören konnte.

»Er tropft ziemlich stark«, sagte ich und zeigte verstohlen auf meine Hose hinunter. »Ich sag ja dauernd, dass er zum Arzt gehen soll, aber er will nicht. Und jetzt will er nicht einmal mehr das Haus verlassen. Es hat wohl etwas mit dem Schließmuskel zu tun. Und es riecht so schlimm ...«

»Hör auf! Ich will nicht mehr hören. Da muss er doch etwas unternehmen!«

Sie wechselte die Stimmlage, als ob sie keine Rektorin mehr wäre, sondern eine ganz normale Frau.

»Was soll ich denn tun? Ich bin ja nur ein Kind«, sagte ich und breitete hilflos die Arme aus.

»Gibt es keinen Freund oder eine Freundin, die ihm sagen könnten, dass er ...«

Sie beendete den Satz nicht.

»Dass er tropft, meinen Sie? Wenn er nur eine Freundin

hätte, die ihm sagen könnte, was er tun soll, aber keine Frau will doch einen Mann mit großen feuchten Flecken auf der Hose. Er ist ein bisschen wie ein Hund, er hinterlässt an allen möglichen und unmöglichen Stellen seinen Geruch. Nur macht er das eben durch die Hose. Jetzt trägt er neuerdings eine Badehose statt einer Unterhose …«

»Ich brauche nichts mehr zu hören.« Die Rektorin hob beide Handflächen, um mich zum Schweigen zu bringen.

Und nun setzte ich zum Gnadenstoß an. »Gestern hat er getropft, als wir beim Essen saßen.«

»Nein, das reicht jetzt, Håkon.«

»Auf unserem Sofa konnte man nicht mehr sitzen.«

»Ist schon gut, wir können das am Telefon besprechen.«

Ich atmete erleichtert auf. Sogar Rektorinnen konnten also ihre Meinung ändern. Jetzt galt es, eine Verabredung zu treffen.

»Er kann um zwei anrufen«, schlug ich schnell vor.

»Sorg du nur dafür, dass er das wirklich tut.«

»Natürlich macht er das. Das ist doch ein sehr wichtiges Gespräch für ihn.«

Die Rektorin verschwand wieder im Lehrerzimmer und ich atmete erleichtert auf. Erster Teil des Plans erledigt.

Aber jetzt musste ich jemanden finden, der anrief. Papa konnte das nicht tun. Die Einzige, der wir die Wahrheit gesagt hatten, war Isabell, aber ihre Stimme erinnerte eher an einen Spatz. Rolf hatte uns schon Geld geliehen und würde sicher stocksauer sein, wenn er die Wahrheit erfuhr.

Als ich an das Geld dachte, das wir geliehen hatten, kam mir die Idee. Ein Lehrer hatte uns erzählt, dass Dienstleistungen für Geld gekauft werden können. Wer kein Geld hat, hat ein Problem. Dann muss man arbeiten, stehlen oder betteln. Aber ich hatte ja Geld, als ziemlich dicke Rolle in meiner Hosentasche.

Nach der Schule lief ich direkt zum Imbisskiosk, aber nicht, um mich mit Essen vollzustopfen. Ich brauchte eine erwachsene Stimme – und die Männer vor dem Kiosk brauchten Geld.

»Hallo«, sagte ich zu den drei Kerlen mit windschiefen Gesichtern und steiferen Haaren als die, die Bürste auf dem Kopf hatte. Sie saßen auf einer Bank und musterten mich mit feuchten Blicken, als ob sie sich fragten, ob ich ein vergessener Sohn sein könnte.

Im tiefsten Herzen hatte ich immer Angst gehabt, Papa könnte so einer werden, der vor dem Imbiss herumlungert. Einer, der keine Arbeit und keine sauberen Kleider hat, aber immer eine Tüte voll Bierflaschen, und der sicher nie etwas anderes isst als das, was in einem Döner oder einem Kartoffelfladen steckt.

»Was willst du, Junge?«, fragte einer der Männer, der so viele Falten im Gesicht hatte, dass seine Haut aussah wie Rinde.

Die beiden anderen waren etwas jünger, hatten aber fast ebenso verschlissene Haut und schwarze Ränder unter den Nägeln. Ihre Hosen waren um Taschen und Füße herum zerfetzt. Sie trugen Jacken, obwohl es ein heißer Tag war.

»Ich wollte fragen, ob Sie Aufträge annehmen«, sagte ich und versuchte, einen positiven Tonfall zu behalten.

Die Typen wechselten einen Blick und grinsten. Einer

wischte sich mit dem Handrücken die Rotznase ab, während ein anderer ein Bier aus der Plastiktüte zog, die Flasche öffnete, an den Mund hielt und trank.

»Wir ham zu tun«, sagte der Älteste. »Frag doch 'nen Sakkoträger.«

»Was kostet denn zur Zeit so ein Bier?«, fragte ich.

»Wir kaufen dir kein Bier, wenn du das glauben solltest«, sagte der Mann, jetzt sichtlich verärgert.

»Kein Problem. Ich wollte eigentlich nur eine Rechenaufgabe lösen. Angenommen, einer von euch übernimmt für ungefähr zehn Minuten einen kleinen Schauspielerjob, und dafür könnt ihr euch danach einen Kasten Bier kaufen. Wäre das keine gute Investition?«

Ich hörte mich an wie ein Verkäufer. Konnte das ein neues Talent von mir sein?

»Hör mal, du kleiner Dussel. Wenn wir Sinn für kluge Investitionen hätten, würden wir ja wohl nicht hier sitzen. Dann würden wir arbeiten.«

Ich machte einen letzten Versuch. Diesmal schenkte ich mir den positiven Tonfall.

»Aber ihr wollt ja nicht arbeiten. Ihr wollt den ganzen Tag hier sitzen und Bier trinken und dabei über Frauen reden, die euch verlassen haben. Und ihr braucht sicher ein bisschen Biergeld dafür. Deshalb habe ich ein Angebot. Und es ist nichts Verbotenes. Oder Moment mal, da bin ich mir nicht ganz sicher, aber es ist bestimmt nicht mehr verboten, als vor dem Imbiss Bier zu trinken.«

Der Älteste beugte sich vor und schaute mir tief in die Augen. Ich hielt seinem wässrigen Blick stand.

»Weißt du was, du redest viel zu viel. Was willst du eigentlich?«

»Ich wollte fragen, ob einer von euch die Rektorin an meiner Schule anrufen und meinen Vater spielen kann. Die Rektorin ist nicht ganz zufrieden mit mir.«

Die Typen prusteten los. »Du hast dich daneben benommen und deine Eltern sollen das nicht erfahren?«

»So ungefähr.«

Der Älteste klopfte mir energisch auf die Schulter. »Weißt du was? Ich hab mich in der Schule auch nie anpassen können. Und einige von den Lehrern hab ich wirklich gehasst. Ich mach das mit Vergnügen. Ich mach es sogar gratis.«

»Aber ich kauf das Bier gern«, sagte ich und wollte schon ein paar Geldscheine aus der Tasche ziehen.

»Du bist zu klein, um Bier zu kaufen.«

»Ihr bekommt das Geld, damit ihr Bier kaufen könnt, weil ich eine Dienstleistung gekauft habe.«

»Meinst du, wir sind käuflich?«

Ich zog die Hand mit dem Zweihunderter nicht aus der Tasche. »Aber in der Schule habe ich gelernt, dass ...«

»Erzähl schon, was soll ich sagen, Junge?«

Ich erklärte die Situation und sagte, dass ich am nächsten Tag um zwei Uhr mit dem Handy meines Vaters zurückkommen würde.

»Aber eins musst du mir versprechen«, sagte der Mann, als wir uns verabredet hatten und ich gerade gehen wollte.

Obwohl ich ein so energischer Lügner war, versprach ich nur ungern Dinge, die ich nicht halten könnte.

»Ja?«

»Du musst mir versprechen, nicht so zu werden wie wir.«

Ich blickte in sein runzliges, sonnenbraunes Gesicht und in die feuchten glasigen Augen. Ich roch seine Bierfahne und betrachtete die schmutzigen Finger.

»Das verspreche ich, ohne heimlich die Finger zu kreuzen«, sagte ich feierlich und lief erleichtert nach Hause.

Ich rannte auch noch weiter, als ich nicht mehr zu sehen war, ich wurde sogar noch schneller. Alles war irgendwie falsch. Es war falsch, Leute in der Gosse um so etwas zu bitten. Es war falsch, dass ich Betrunkene bitten musste, meinen Vater zu spielen. Es war falsch, dass ich hier rannte, obwohl ich Seitenstiche hatte, und hoffte, alles werde so werden wie früher. Früher war nicht alles besser gewesen. Aber besser als jetzt. Eins kam mir auf jeden Fall richtig vor: Ich würde nicht so werden wie die Penner vor dem Imbiss.

Als ich um die Ecke beim Block bog, sah ich Ida mit missmutiger Miene vor dem Haus auf der Bank sitzen.

»Hast du den Schlüssel vergessen?«, fragte ich atemlos.

»Nein«, sagte sie sauer. »Da ist noch eine.«

»Was denn für eine?«

»Frau. Sitzt vor unserer Tür und weint.«

Ich ließ mich neben meine Schwester auf die Bank fallen. Ich hätte wohl etwas Tröstliches sagen müssen, aber es war schwer genug zu begreifen, was jetzt wieder los war.

»Wie sieht sie aus?«, fragte ich.

»Weiß nicht. Die ganze Schminke ist in ihrem Gesicht verschmiert.«

»Vielleicht geht sie bald.«

»Sieht nicht so aus.«

Ich sank auf der Bank in mich zusammen. Jetzt musste ich meine Gedanken zusammentreiben wie eine durchgebrannte Schafherde. Wie wird man liebeskranke Frauen los? Was hatte Papa an sich, dass diese Frauen ihn liebten, bis sie sich in Tränen auflösten? Was, wenn er auch von dieser hier Geld geliehen hatte? Papa war zwar in letzter Zeit ziemlich viel unterwegs gewesen, hatte aber behauptet, dass sein Keramikkurs so viel Zeit verschlang.

Ich ging die Möglichkeiten durch.

1. Ihr sagen, Papa sitzt in einer Kneipe in der Innenstadt. Nachteil: Wahrscheinlich wird sie mit neuen Tränen bald wieder da sein.
2. Wir könnten hoffen, dass sie so verständnisvoll ist wie Isabell. Nachteil: Manche Frauen verstehen ungeheuer wenig.
3. Ich könnte sie mit einem Baseballschläger verjagen. Nachteil: Frauen, die von der Liebe gebissen sind, können ganz schön hitzig sein.
4. Ihr einreden, dass Papa sie nicht liebt. Nachteil: Das könnte zum GROSSEN ZUSAMMENBRUCH führen.

»Wir müssen weitergehen«, sagte ich und merkte, wie in mir eine Idee heranwuchs.

»Wovon redest du da?«, fragte Ida und hatte wieder diesen gekrümmten Mundwinkel.

»Du willst doch heute Nacht nicht draußen schlafen?«

Ida seufzte.

»Mach einfach ein wahnsinnig trauriges Gesicht«, bat ich.

Ich zog Ida ins Haus, lief die Treppen hoch und lugte im zweiten Stock um die Ecke. Und richtig, vor unserer Tür saß eine Frau auf dem Boden und hatte das Gesicht auf die Knie gelegt. Sie schien mit dem Schluchzen fertig zu sein. Ich legte meine Schultasche auf die Treppe und ging ruhig auf sie zu.

»Suchen Sie Goldi?«, fragte ich.

Sie fuhr herum. Es sah aus, als ob ein halbverrückter Künstler ihr Gesicht bemalt hätte.

»Was?«

»Oder vielleicht Guttorm? Suchen Sie Guttorm?«

»Ja, ich suche Guttorm, meinen großen starken Gorilla. Kennst du ihn?«

Gorilla war eigentlich ein ziemlich passender Spitzname. Auch wenn Papa sich den Kopf kahl geschoren hatte, so hatte er doch am Leib einen kleinen Wald aus Haaren und in letzter Zeit hatte er eine kleine Wampe entwickelt, die über seinem Hosenbund hing. Es wurde nie etwas aus dem Training, worüber er die ganze Zeit redete.

»Ein bisschen. Er ist der Freund meiner Mutter.«

Die Frau starrte mich entsetzt an.

»Der Freund von ... wem?«

»Ja, bald heiraten sie und dann heißt es vielleicht nicht mehr Freund. Ich bin sehr froh, dass sie heiraten wollen, denn ihr voriger Freund hat mich und meine Schwester geschlagen«, sagte ich und zeigte auf Ida, die einige Meter hinter mir stand und traurig aussah. »Wir haben solche Angst, dass sie zu ihm zurückkehrt. Er hat Fäuste so groß wie Hämmer und immer eine Zange in der Hosentasche.«

Die Frau musste offenbar zu sich kommen, deshalb sagte ich nichts mehr.

»Was sagst du da? Eine Zange? Was macht er damit?«

Ich hob den Finger und fing an, den mit Ketchup beschmierten Verband abzuwickeln. Danach zeigte ich ihr den lockeren Nagel. Um den Nagel zog sich ein lila Rand und etwas grüner Eiter quoll heraus. Mir wurde selbst ein wenig schlecht.

»Oh, großer Gott!«, sagte sie und richtete sich auf. »Tut mir leid … ich will nicht …«

»Mama hat uns herbestellt, denn zu Hause kann jeden Moment unser alter Stiefvater auftauchen. Können wir mit Ihnen zusammen warten?«

Ich lebte mich jetzt wirklich in meine Rolle ein.

»Na ja, ich wollte ja gerade gehen. Ich kann Guttorm anrufen oder … ja, jetzt gehe ich, dann könnt ihr hier warten. Ihr Armen.«

»Nett, Sie kennenzulernen«, sagte ich, ehe sie durch den Gang davonlief.

Wir warteten, bis sie die Treppe hinuntergegangen und unten aus dem Haus verschwunden war. Ich wickelte den Verband wieder um meinen Finger und schloss die Wohnungstür auf.

»Ich glaube, sie kommt wahrscheinlich nicht wieder«, sagte ich.

»Sie hat mir ein bisschen leidgetan. Meinst du, es kommen noch welche?«

»Schwer zu sagen. Ich glaube, ich begreife so langsam, warum Papa nie die Teetasse nach Hause bringt, die er angeblich im Töpferkurs gemacht hat.«

»Was macht dein Finger?«

»Ich hoffe, der muss nicht amputiert werden.«

Wir setzten uns an den Tisch, griffen aber nicht zu unseren Hausaufgaben.

»Der Drache hätte hier überall Ordnung geschaffen«, sagte Ida leise.

»Hab ich doch auch. Und nein, wir rufen den Drachen noch nicht an, denn sonst wird die Wohnung hier zur Kaserne. Es kann zwar ein bisschen anstrengend sein, immer wieder aus irgendeinem Schlamassel rauskommen zu müssen, aber ich bin sicher, wir schaffen das, du und dich.«

»Du und ich«, wiederholte Ida leise und vorsichtig, ohne dieselbe Überzeugung.

Ich versuchte ihr zuzulächeln, und ich glaube, sie hätte fast zurückgelächelt, aber da wurde schon wieder geklingelt. Wir schauten zur Tür hinüber. Vielleicht sollte ich die Klingel abstellen? Ida schlich sich zur Tür, stellte sich auf die Zehen und schaute durch das Guckloch. Sie kam zurückgelaufen, lautlos wie eine Indianerin.

»Das ist der Drache«, flüsterte sie.

Wir saßen ganz still da. Oma klingelte wieder, lange diesmal. Ida hielt sich die Ohren zu. Der Drache hatte schon mehrmals um einen eigenen Schlüssel gebeten, aber Papa hatte sich jedesmal geweigert. Sie kam sonst nicht unangemeldet. Ob etwas passiert war?

Ich zeichnete einige Theorien über den Drachen auf ein Blatt Papier.

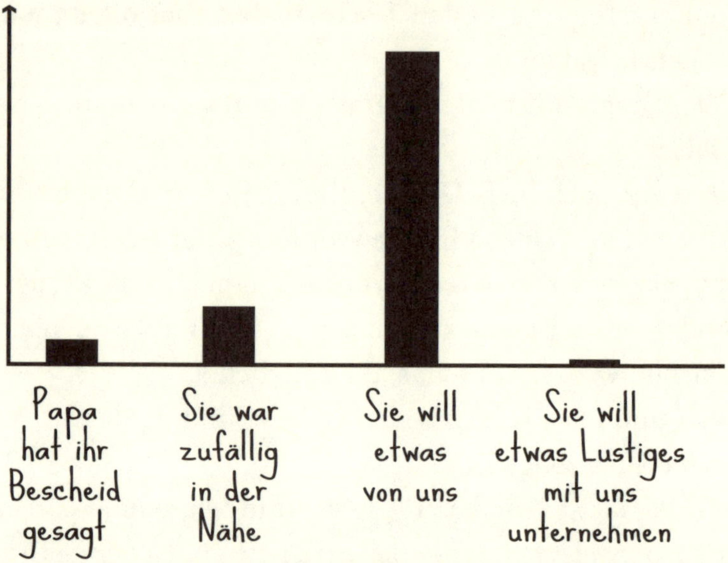

Nachdem sie fünfmal geklingelt hatte, wurde es still. Wir fingen an, wieder normal zu atmen. Ich machte eine Handbewegung, damit Ida noch einmal durch das Guckloch schaute. Sie sah nach und nickte deutlich und zeigte mit besorgter Miene auf die Tür. Offenbar stand der Drache noch immer draußen. Dann hörte ich eine Art Kratzen, als ob jemand irgendetwas über die Tür zog. Wir saßen ganz still da und hörten zu. Wollte sie ein Loch durch die Tür bohren? Dann begriff ich, dass sie mit der Tür als Unterlage etwas schrieb.

Nach einer Weile gab Ida mir ein Zeichen, dass sie den Drachen nicht mehr sehen konnte. Das bewies aber nicht, dass Oma weg war. Ida lief zum Fenster.

»Da unten geht sie.«

Ich öffnete die Tür und nahm den Zettel, den Oma draußen angeklebt hatte. Ich las vor:

Hallo, Guttorm!
Zu Deiner Erinnerung:
Ich feiere am Wochenende
meinen Siebzigsten und Du
hast geschrieben, ich
könnte die Wohnung zu
einem kleinen Fest benutzen.
Wir werden um die dreißig
Damen sein. Sorg dafür, dass
Du und die Kinder etwas
Schönes zum Anziehen habt.
Putzt und wischt Staub.
Die Kinder können ja
servieren.
O.

Ein eher düsterer Tag

Die Hausaufgaben fielen uns an diesem Abend schwer. Nicht einmal aufs Fernsehen konnten wir uns konzentrieren und im Internet zu surfen hatten wir auch keine Lust. Ida hatte die Stirn zu einer wahren Felsschlucht gerunzelt. Ich ging die Möglichkeiten durch, Oma in ein Altersheim einweisen zu lassen, kam aber zu dem Schluss, dass sie bei Weitem nicht gebrechlich genug war.

Oma hatte Bekannte, die sie ihre Mittelmeermädels nannte. Das waren lauter Witwen, die im Winter in wärmere Gegenden fuhren, Drinks mit Papierschirmchen tranken und sich dabei vermutlich über ihre Familien beklagten. Der Drache wohnte in einer Einzimmerwohnung und behauptete, dort gebe es nur Platz für vier Gäste, wenn die sich an die Wand pressten. Jetzt wollte sie also, dass wir unsere Wohnung putzten, den Tisch deckten, die Gäste bedienten und nachher wieder aufräumten. Bald würde sie wohl wieder vor der Tür stehen, Messer, Gabel und Teller zählen, einen Aktionsplan aufstellen und jammern, weil wir so langsam arbeiteten.

»Wir und dreißig strenge alte Damen«, sagte ich schaudernd. »Bestimmt müssen wir auch staubsaugen. Und abwaschen. Ich hasse nasse Lappen.«

Weder Zwang noch Taschengeld konnten mich zu solchen Arbeiten verleiten. Da Papa es auch nicht so wichtig fand, die Wohnung glänzend rein zu halten, überließen wir den Boden den Wollmäusen und ihren Freunden. Auf der Fensterbank konnte man seinen Namen mit dem Finger in den Staub schreiben. »An etwas Staub ist noch keiner gestorben«, sagte Papa immer. Ich hatte schon lange vor, diese Aussage im Internet auf ihren Wahrheitsgehalt zu überprüfen.

Das Beste an diesem Abend war, dass niemand klingelte. Das Telefon blieb stumm. Und auch die Nachbarin klopfte nicht an die Wand. Wir aßen Käsebrote mit einer Schicht aus angekokeltem Jarlsbergkäse und tranken dazu dynamitstarken Saft. Als Nachtisch gab es eine Schale Gummibärchen.

Als ich ins Bett wollte, lag da schon Ida. Ich gab dem Tag folgendes Würfelergebnis:

So in der Mitte. Ich sehnte mich nach einem Fünfer. Und fragte mich, ob die Sechser ganz außer Reichweite waren?

Ich schloss die Augen und versuchte zu denken, dass morgen, ja morgen, alles viel besser werden würde. Aber mein Gehirn ließ mich im Stich. Es wollte solche Gedanken nicht denken. Es war mit Problemen vollgestopft.

Außerdem behielt mein Gehirn recht. Als ich aufwachte, war der Radiowecker mausetot. Das galt auch für die Lampe über dem Bett. Computer und Fernseher waren leblos. Der Kühlschrank wurde warm. Im Badezimmer war es stockfinster.

Wir hatten keinen Strom.

»Das ist vielleicht kein Wunder, wo Papa doch die Rechnungen so gut wie nie bezahlt«, sagte Ida.

»Die können uns doch nicht so einfach den Strom abdrehen.«

»Offenbar haben sie das getan.«

»Na gut, das bring ich wieder in Ordnung.«

»Und wie willst du das in Ordnung bringen?« Ida stemmte die Hände in die Hüften und sah ganz schön streng aus. Ich hatte versprochen, sie nicht anzulügen, doch ich hatte keine Ahnung, wie man den Strom zurückbekommt.

»Ich kenne mich ein bisschen mit Strom aus.«

»Das soll ich dir glauben?«

»Aber ich verspreche es dir. Ich bring es in Ordnung! Großes Indianerehrenwort und ich will auf der Stelle tot umfallen, wenn es nicht stimmt«, sagte ich und hörte, wie genervt meine Stimme klang.

»Wenn du das nicht schaffst, müssen wir irgendwelche Erwachsenen um Hilfe bitten.«

»Ich schaff das.«

Es wurde ein dunkles und stilles Frühstück. Ida aß ganz schnell, während ich nur langsam den Käse von meinem Brot lutschte. Wir zuckten beide zusammen, als es sich zeigte, dass das Telefon noch funktionierte. Ida saß näher daran und nahm ab.

Mir war klar, dass sie mit jemandem sprach, den sie kannte, aber es war kein herzliches Gespräch.

»Dann solltest du wohl mit Håkon reden«, sagte sie und reichte den Hörer an mich weiter.

»Hallo?«

»Hallo, Håkon. Seid ihr heute Abend zu Hause?«

Mein Magen krampfte sich zusammen, als ich die Stimme des Drachen hörte.

»Kommt drauf an.«

»Worauf kommt das an?«

»Darauf, wer fragt. Ob zum Beispiel ein hübsches Mädchen in meinem Alter fragt oder ein bekannter Fußballspieler oder einer, der Monstertruck fährt ...«

»Ich bin deine Großmutter, Håkon. Es wäre sehr schön, wenn ihr beide heute Abend zu Hause sein könntet.«

»Ich kann dich nicht sehen, also kann ich unmöglich sicher sein, dass du meine Großmutter bist. Viele alte Menschen haben sehr ähnliche Stimmen. Du könntest auch eine wildfremde Großmutter sein.«

»Habt ihr den Zettel gefunden?«, fragte sie.

»Gibt es Finderlohn?«

»Aufhören, Håkon! Euer Vater muss aufräumen und putzen. Bei euch ist es ja nicht sonderlich sauber. Guttorm will sicher nicht mit mir reden, aber du kannst ihm sagen, dass er kommen muss.«

»Moment, dann rede ich mit ihm«, sagte ich und legte den Hörer hin.

Ida stürzte aus der Tür, ohne sich zu verabschieden. Zuerst tauschte ich den Verband um meinen Finger gegen ein Pflaster. Danach schmierte ich mir ein Brot und merkte, wie ich endlich Appetit bekam. Ich saß erst das Brot, ehe ich wieder den Hörer aufnahm. Am anderen Ende atmete der Drache schwer.

»Das hat aber lange gedauert, Håkon.«

»Papa will nicht gestört werden, wenn er auf dem Klo sitzt, deshalb musste ich ein bisschen warten. Er hat seinen Pokerabend mit seinen Freunden aus dem Mopedclub, du weißt schon, Frank und Bob und... Bobby, genau an dem Abend, an dem du deinen Geburtstag feiern willst.«

»Darüber haben wir schon vor einer Ewigkeit Zettel ausgetauscht. Herrgott, erinnert er sich denn an gar nichts! Man wird ja schließlich nicht jeden Tag siebzig.«

»Das stimmt. Ich kann mich nicht einmal erinnern, wann ich zuletzt siebzig geworden bin. Moment, ich frage ihn noch einmal.«

Ich legte den Hörer hin, ging ein Stück zur Seite und hielt mir die Hand vor den Mund, während ich redete. Hoffentlich klang das wie weit entferntes Gemurmel. Nach einer Weile mit unverständlichem Geplapper nahm ich den Hörer wieder auf.

»Er sagt, dass er das nicht absagen kann. Aber ihr seid trotzdem willkommen. Alte Damen und betrunkene Mopedfahrer passen sicher gut zusammen, sagt Papa.«

»Ehrlich gesagt, das kann doch nicht sein Ernst sein.«

»Sie wollen wohl auch Strippoker spielen. Ich hab das schon mal gesehen, sie haben unglaublich schmutzige Unterhosen.«

Der Drache stieß am Telefon seltsame Geräusche aus und

ich fragte mich schon, ob sie einen Schlag erlitten hatte und mit hängender Zunge auf dem Boden lag. Aber es waren nur tiefe Seufzer aus der Mitte des Körpers.

»Ich habe schon alle eingeladen. Er muss doch begreifen, dass er unsere Abmachung jetzt nicht aufheben kann. Er muss den Pokerabend absagen, so ist das einfach. Ich komme morgen vorbei. Bis dann, Håkon.«

Sie knallte den Hörer auf die Gabel. Der Plan hinkte gewaltig. Es hätte auch nichts geholfen, wenn ich gesagt hätte, Papa habe eine Karaokemaschine gekauft oder wir hätten Ratten im Küchenschrank. Wenn der Drache einen Entschluss gefasst hatte, war sie wie der Mount Everest, der Berg, von dem ich nun wusste, dass er der höchste der Welt und garantiert nicht zu versetzen ist.

Ich schaute zu der Uhr mit Batterie hinüber, die im Regal über der Anrichte stand. Noch drei Minuten bis zu ersten Stunde. Ich hatte furchtbaren Durchfall. Oder auch eine heftige Erkältung. Wohl eher beides. Ich hatte in der Schule einfach nichts zu suchen.

Papa legte die Rechnungen immer in den Obstkorb, in dem es nie Obst gab. Unter anderen längst überfälligen Rechnungen fand ich mehrere Mahnungen des Elektrizitätswerks und die Drohung, den Strom abzustellen. Das Geld in meiner Tasche reichte durchaus für die Rechnung, aber wie sollte ich die bezahlen? Nur Papa hatte Zugang zum Internetbanking und sicher war kein Geld auf dem Konto. Außerdem wollte ich den Strom sofort zurückhaben. Ida sollte von ihrem großen Bruder beeindruckt sein. Ich fing an, auf der Stromrechnung herumzuzeichnen.

Oben auf der Rechnung stand die Adresse von Skandia Energi, und die war nur zwei oder drei U-Bahnstationen entfernt. Ich schnappte mir Jacke und Schirmmütze, schaute durch das Guckloch und öffnete vorsichtig die Tür. Dann zog ich mir die Mütze tief in die Stirn und starrte zu Boden, ich konnte ja nicht ahnen, wem ich über den Weg laufen würde.

An der U-Bahn-Haltestelle waren nicht viele Leute, aber ganz am Ende des Bahnsteigs stand ein Mann und starrte auf die Schienen. Sein Kopf war rasiert, er hatte eine spitze Nase und den kleinen Knick im Nacken, den ich so gut kannte. Für den Bruchteil einer Sekunde erinnerte er mich ungeheuer an Papa, aber dann ging mir auf, dass es nur ein nachdenklicher Mann war, der ihm ähnlich sah. Trotzdem fühlte es sich an, als strömte plötzlich eine schnellkochende Suppe aus Glück durch mich hindurch, die mich innerlich zum Glühen brachte. Aber ich wurde schnell wieder kalt. Hatte Papa wirklich die große Liebe gefunden und war ins Ausland gegangen? Ich konnte verstehen, dass es schwer sein würde, diese Beziehung hier zu Hause zu pflegen, wo zu den seltsamsten Zeiten seine Exfrauen auf der Matte standen. Trotzdem konnte ich mir nicht vorstellen, wie Papa glücklich mit einer Frau im Schlepptau über einen Strand oder auf einen Berg wanderte. Es passte besser zu ihm, Ida und mich im Schlepptau zu haben. Aber ich konnte mir jederzeit vorstellen, wie Papa mit düsterer Miene am Ende eines Bahnsteigs die Schienen anstarrte.

Eine halbe Stunde später erreichte ich ein riesiges Bürogebäude, wo über einer Drehtür in riesigen Leuchtbuchstaben *Skandia Energi* stand. In der Rezeption saß eine Frau im Alter von Papas Dates.

»Hallo, ich würde gern die Stromrechnung bezahlen«, sagte ich und legte Rechnung und Geld auf den Tresen.

Sie sah zuerst das Geld an, dann mich. Ihre Miene verhieß nichts Gutes.

»So kannst du die Rechnung leider nicht bezahlen.«

»Ihr habt uns den Strom abgedreht und ich habe kein Internetbanking, wissen Sie. Und ich brauche den Strom noch heute«, erklärte ich.

Sie lächelte, als ob ich ein kleines Kind wäre, dem erklärt werden müsste, wie die Welt funktioniert. An jedem Ohrläppchen hatte sie einen riesigen Anhänger und ihr Mund war so rot, dass ich an Weihnachten denken musste.

»Wenn du die Rechnung hast, kannst du in die Bank gehen und am Schalter bezahlen. Die verlangen zwar eine Gebühr, aber ...«

»Dann dauert es doch viele Tage, bis wir wieder Strom haben. Ich dachte, dass vielleicht Sie, wo Sie so hübsch sind und so einen schönen Lippenstift benutzen und so elegante Ohrgehänge haben, die leuchten, und Hände, die aussehen wie elegante ... äh, Spinnen und ...«

Ich verstummte. Was für Komplimente machte man solchen Frauen? Ich hätte dabei sein müssen, wenn Papa flirtete. Er kannte sich mit so was aus.

»Sollten deine Eltern sich nicht um solche Dinge kümmern?«, fragte die Frau gelassen.

»Für wie alt halten Sie mich denn? Ich wohne allein. Soll ich vielleicht Ihr Alter schätzen?«

»Du siehst aus wie ein Schuljunge«, sagte sie lächelnd.

»Ha, Schuljunge? Ich arbeite beim ... Straßenbau. Ich baue Asphaltstraßen und stelle diese Dinger mitten auf die Straße, damit man nicht zusammenstößt, wenn man hinter dem Lenkrad eingeschlafen ist. Außerdem lass ich mir solchen Kram in Lippen und Wangen spritzen, damit ich wie ein Junge aussehe, obwohl ich Wein kaufen und Auto fahren und wählen darf, und ich habe immer Frauen mit Titten und jeder Menge Schminke. Jeder Menge!«

Ich holte Luft. Sie sah mich forschend an. Sie schien jeden Moment losprusten zu können. Ich war zu weit gegangen. Es half alles nichts. Mir blieb nur noch eine Karte. Vielleicht war es falsch, eine so miese Karte auszuspielen, aber was soll man machen, wenn man kein As in der Hand hat? Das Essen zu Hause im Kühlschrank war schon fast verdorben, unser Fernseher war ein schwarzes Loch. Und vor allem: Ich hatte Ida versprochen, dass wir den Strom zurückkriegen würden.

»Ich will ganz ehrlich sein«, sagte ich also. »Papa ist mit einer Frau durchgebrannt und meine Schwester und ich wussten nicht, dass die Stromrechnung nicht bezahlt worden ist. Als wir heute Morgen aufgewacht sind, hatten wir keinen Strom mehr.«

»Wer passt denn auf euch auf?«

Das musste ja kommen. Mögliche Antworten jagten mir durch den Kopf. Es liegt an den Details, ob eine Lüge geglaubt wird.

»Cecilie. Unsere Nachbarin. Aber sie ist ... blind«, sagte ich langsam und wartete auf eine Reaktion.

Die Frau sah mich lange an und zeigte auf ein Sofa, das vor der Wand stand. Ich ließ Rechnung und Geld auf dem Tresen liegen, ging hinüber und setzte mich, während sie leise in ihr Headset redete. Eigentlich war es gemein zu behaupten, Cecilie sei blind, aber solche Info brachte immer Bewegung in die Geschehnisse. Wenn ich gesagt hätte, sie sei nur eine genervte Nachbarin, die sich dauernd über den Lärm beschwerte, hätte die Frau jetzt niemals in ihr Headset geredet. Ich setzte mich mit eng zusammengepressten Beinen, senkte den Kopf ein wenig und starrte den Boden an, während ich versuchte, an weitere Details zu denken, damit sie Mitleid mit mir bekäme. Am Ende zog ich Stift und Papier aus der Tasche und machte eine Liste:

Ich habe schreckliche Angst im Dunklen.
Mein Urgroßvater liegt tiefgefroren im Keller und jetzt taut er auf.
Mein Zeigefinger hat Feuer gefangen, als wir einige Teelichter anzünden wollten.

Danach zeichnete ich eine Kurve für den Tag, so wie ich ihn vor mir sah.

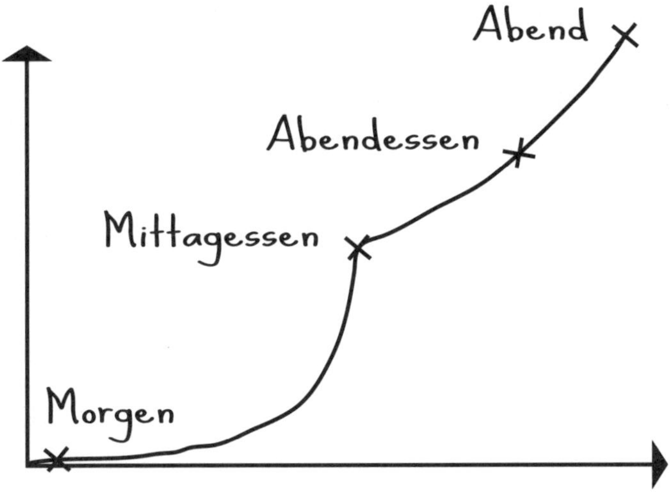

Ewiger Optimist. Das war ich. Wenn nur der Stein in meinem Magen aufgetaut wäre.

Ich hatte offenbar etwas richtig gemacht, denn zehn Minuten später winkte die Frau mich zu sich und lächelte liebenswürdig.

»Der Strom wird heute noch wieder angedreht«, sagte sie.

»Wie schön. Tausend Dank!«

»Nimm das hier«, sagte sie und reichte mir das Geld. »Dein Vater soll bezahlen, wenn er zurückkommt. Hat er euch wirklich allein gelassen?«

Sie schaute mir tief in die Augen.

»Ja, auf einmal war er einfach weg«, sagte ich und nickte eifrig. Es tat gut, einmal nicht lügen zu müssen. »Wenn er zurückkommt, hau ich ihn zu Brei.«

Ich weiß nicht, warum ich das Letzte sagte, aber es kam mir richtig vor. Als ob es die ganze Zeit irgendwo in meinem Hinterkopf gelauert hätte und jetzt unbedingt hinauswollte.

»Und du«, sagte sie. »Danke für die Komplimente. So was sagen leider viel zu wenig Jungs.«

Ich kam mir mehrere Kilo leichter vor, als ich wegging. Jetzt musste ich nur noch den Drachen daran hindern, das große Fest zu veranstalten, und die Rektorin musste von einem Mann beschwichtigt werden, der vermutlich alles andere als nüchtern sein würde. War es wirklich so anstrengend, erwachsen zu sein?

Live-Auftritt mit Liv

Ich feierte mit einer Riesenportion Eis. Vanilleeis mit Schokosplittern, Karamelleis mit Nüssen und jede Menge Streusel in einer riesigen Schale. Mein Nachtischmagen war ganz schön voll. Danach machte ich einen Spaziergang ohne Ziel und Zweck, um meine Gedanken ein wenig auszulüften. Das Problem mit meinen Gedanken war, dass sie viel zu leicht davonflogen. Ehe ich besonders weit gekommen war, hatte ich mir schon allerlei Methoden überlegt, um reich zu werden. Ein Buch mit Ausreden, eine eigene Ausredenschule, vielleicht Privatunterricht in Ausreden – sicher gab es Politiker, deren Ausreden besser werden mussten. Diese Gedanken speicherte ich unter *zukünftige Projekte.*

Ich ging in den Park und schaute einer alten Dame zu, die die Enten fütterte. Als sie merkte, dass ich sie beobachtete, hielt sie mir eine Handvoll Brotkrümel hin, wie um zu fragen, ob ich mitfüttern wollte. Ich dankte und steckte mir die Brotkrümel in den Mund, während ich glücklich schmatzte. Darauf gab sie mir einen Hunderter für Essen.

Es klappte, kam mir aber ziemlich mies vor.

Ich musste meine Gedanken mit etwas anderem füllen, deshalb setzte ich mich auf eine Bank, zog den Kugelschreiber hervor, den ich immer in der Tasche hatte, und machte eine Übersicht darüber, wer den Tag im Park verbrachte.

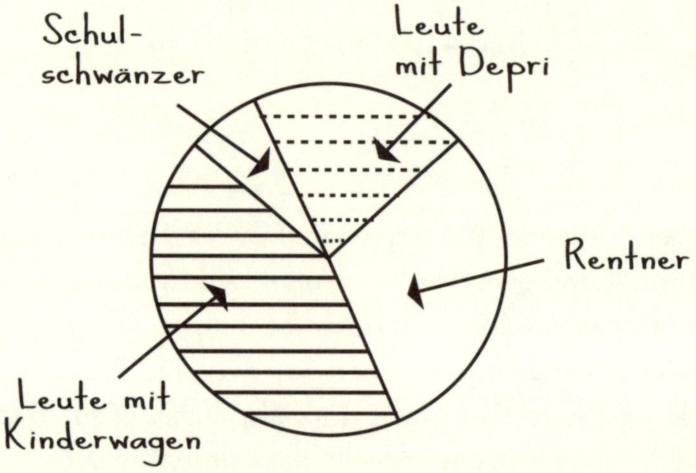

Dann kam ein Mädchen, das ich erst im Diagramm nicht unterbringen konnte. Sie war jung und wirkte nicht deprimiert. Aber dann erkannte ich sie. Sie gehörte in die kleinste Kategorie: die, die die Schule schwänzte. Es war Liv aus meiner Parallelklasse.

Zu behaupten, ich würde Liv kennen, wäre übertrieben gewesen. Eigentlich kannte ich überhaupt kein Mädchen. Außerdem gehörte Liv in die Kategorie »die tollsten Mädchen der Schule.« Ich gehörte in eine ganz andere Kategorie. Eine, bei der ich nicht einmal genau wusste, wie sie hieß, aber es stand auf jeden Fall niemand Schlange, um mit mir in einer Gruppe zu sein.

Sie kam genau auf mich zu. Ich hatte aber nicht den Eindruck, dass sie mich gesehen hatte. Wenn ich schneller gewesen wäre, hätte ich mich hinter das Gebüsch werfen können. Aber ich saß wie angeleimt auf der Bank und wartete auf den Augenblick, in dem sie mich entdeckte. Zuerst ging sie langsamer. Im nächsten Moment glaubte ich, sie werde einfach vorbeigehen, als wären wir beide niemals zur Schulzeit im Park gewesen. Aber sie blieb stehen.

»Was machst du denn hier?«

Liv trug eine enge Hose und hatte braune Locken. Sie kam mir mehrere Meter groß vor, als sie so dicht vor mir stand.

»Vielleicht dasselbe wie du?«

»Bist du auch sauer auf deine Eltern?«

»Ja, eigentlich schon.«

Sie setzte sich neben mich. »Meine Mutter, also echt. Alles, was ich tue, ist falsch, ich kann die kranke Kuh einfach nicht fröhlich stimmen. Sie will mir vorschreiben, was ich anziehe. Und ich sag doch, aber hallo. Zieh ich vielleicht hässliche Klamotten an? Wirke ich denn total behindert?«

»Öh, nein, das tust du nicht«, beteuerte ich.

»Die Alte will, dass ich unglaublich scheußlichen Kram anziehe, Omahosen und Pullover wie Decken. Aber hallo, was soll ich denn dann noch in der Schule. Ehrlich, dann kann ich ja gleich darum bitten, gemobbt zu werden.«

»Du kannst doch wohl nicht gemobbt werden.«

»Na klar. Alle können gemobbt werden.«

Sie redete wie ein Teenager. Obwohl sie nicht älter war als ich. In der Schule hätte sie garantiert nie mit mir gesprochen. Jetzt saß sie hier neben mir auf der Bank und verbreitete sich über ihre Probleme zu Hause. Für einen kleinen Moment hatte ich Lust ihr zu erzählen, was bei uns so los war, aber das hier war ja kein Wettbewerb. Außerdem wusste ich nicht, ob ich einem Mädchen vertrauen konnte. Ich wusste sehr wenig darüber, wie man mit Mädchen redet, die keine Schwestern sind.

»Ich hab die superscharfen Schuhe von Silje geliehen. Und stell dir vor, meine Mutter hat sie weggeworfen. Shit, Mann, das waren doch nicht mal meine. Aber sie dachte, ich hätte die von meinem Taschengeld gekauft, und jetzt krieg ich keins mehr. Wie krank ist das denn?«

»Ja, ich glaube, das ist ... krank«, sagte ich unsicher.

Sie redete noch eine Weile. Es ging vor allem darum, was sie alles nicht anziehen durfte und wann sie zu Hause sein musste. Einige Male war sie mitten in der Nacht abgehauen, wenn die anderen schliefen, nur um sich zu beweisen, dass sie das konnte. Es gefiel mir, dass sie ehrlich war, und ein paarmal hätte ich ihr fast alles erzählt, aber ich konnte doch immer noch gerade den Mund halten.

»Aber warum schwänzt du denn jetzt?«, fragte sie plötzlich.

»Ich muss zum Zahnarzt.«

»Warum sitzt du dann hier?«

»Ich versuche, Mut zu kriegen. Vielleicht muss ein Zahn gezogen werden.«

»Bei mir ist mal ein Zahn vereist worden, als der Zahnarzt losgelegt hat, aber geschmeckt hat es nicht und wenn die Betäubung nachlässt, tut es tierisch weh.«

»Musstest du einen ziehen lassen?«

»Einmal. Da bin ich drei Tage zu Hause geblieben. Alles war vereitert und so. Ich konnte fast nicht essen. Mama hat mir Brei gekocht, aber hallo, Mann, ich steh nicht auf Brei. Ich bin doch nicht plötzlich scharf auf Brei, bloß weil das Kauen wehtut. Ich zieh ja auch keine Klamotten an, die bequem sind. Ich will Klamotten, die scharf und cool aussehen, oder was?«

»Öh, du redest ein bisschen so wie die aus der Zehnten.«

Das rutschte mir einfach so heraus. Ich nahm an, dass Liv jetzt sauer werden und gehen würde. Doch sie seufzte nur, so tief, dass ihr ganzer Körper ein wenig zusammensackte.

»Ich wollte nicht …«, fing ich an. »Es war nur …«

»Ich schaff das nicht so ganz, oder was?«, fiel sie mir ins Wort. »Ich übe noch, verstehst du. Das ist schwerer, als man annehmen sollte.«

»Du bist jedenfalls besser als ich.«

»Ich habe gehört, dass du gar nicht auf den Mund gefallen bist.«

Ich schaute sie überrascht an. »Wer sagt das?«

»Die anderen«, sagte sie und zuckte mit den Schultern. »Aber die sagen auch, dass du komisch bist. So einer, dem alles zuzutrauen ist. Die anderen reden ganz schön viel über dich.«

»Echt?« Ich konnte meine Überraschung nicht verbergen.

»Ja, hast du das nicht gewusst? Reden die anderen denn viel über mich?«

»Ich weiß nicht. Ich spreche nicht so viel mit den anderen.«

Und dann fingen wir an, über die anderen in der Schule zu reden. Als ob wir alte Freunde wären, die sich trauten, ihre Meinung über die anderen zu sagen. Danach gingen wir einen Lehrer nach dem anderen durch, alles von Körpergeruch und Frisur bis zu schlechten Angewohnheiten und Schimpfwörtern. Sie redete nicht mehr wie eine aus der Oberstufe. Ich hatte noch nie mit anderen als Ida über alles Mögliche gesprochen und Ida zählte hier irgendwie nicht.

Plötzlich musste ich an ein Puzzlespiel denken, das Isabell erwähnt hatte und bei dem sich alle Stücke von selbst zusammenfügten. Und an einem späten Abend nach ein paar Bier hatte Papa über das Kitzeln im Magen gesprochen, wenn ihm die Richtige begegnete. War da nicht etwas mit heftiger Flügelbreite, das in mir flatterte? Papa hatte gesagt, der Mund könnte wie ausgedörrt sein. Die Augen würden funkeln. Und der ganze Körper glühendheiß werden. Ab und zu fiel es mir schwer, mich auf das zu konzentrieren, was Liv sagte, weil ich die ganze Zeit an die Anzeichen dachte, von denen Papa gesprochen hatte. Mein Mund war keine Wüste und ich glaube, meine Augen waren ziemlich normal, aber mir war ein bisschen warm. Natürlich war es total verrückt, dass ich an Verliebtheit dachte, nur weil ich zum ersten Mal mit einem Mädchen redete, mit dem ich nicht verwandt war. Es war wirklich schwer zu sagen, was in meinem Kopf ablief, denn gleich darauf hatte ich Liv in die Eisdiele eingeladen.

»Musst du denn nicht zum Zahnarzt?«, fragte sie.

»Ich glaube, ich behalte den Zahn noch ein paar Tage.«

»Es ist ja auch dein Zahn.«

Bald saßen wir da mit unserem Eis. Das Problem war, dass mein Nachtischmagen schon von der vorigen Portion überschwappte. Aber es hätte komisch ausgesehen, wenn ich mich mit einer Babyportion begnügt hätte. Liv redete jetzt wieder über ihre Mutter, die überhaupt nichts kapierte, und über ihren Vater, der nie zu Hause war und auch nichts kapierte. Ich nickte aufmerksam und aß langsam mein Eis. Als sie auf dem Klo war, schaufelte ich das meiste in den Abfall, während der Mann hinter dem Tresen mich wütend ansah.

»Du isst ja wahnsinnig schnell«, sagte sie, als sie zurückkam. »Aber sag mal, wie ist es denn so bei dir zu Hause?«

»Bei mir? Ach, normal. Ein bisschen wie bei dir und ein bisschen wie bei anderen. Eine Art Kombination.«

»Das heißt doch gar nichts. Willst du nicht darüber reden, oder was?«

Jetzt fühlte sich mein Mund wirklich ganz schön trocken an. Und dabei hatte ich doch Eis gegessen. Innerlich wurde mir immer heißer. »Doch, gern. Aber ... es ist nur ein bisschen ... irgendwie ungewohnt, darüber zu reden.«

Und dabei war ich doch angeblich nicht auf den Mund gefallen. Ich stotterte wie ein kleiner Junge und egal, was ich sagte, es kam mir falsch vor. Wenn ich mit den üblichen Lügen anfinge, würde ich mich festfahren. Wenn ich die Wahrheit erzählte, würde vielleicht bald die ganze Schule alles wissen. Zugleich hätte ich gern mehr mit ihr gesprochen. Ich wollte, dass sie mich interessant und jedenfalls ein bisschen cool fand. Aber wie sollte ich das schaffen?

Mein Mund war jetzt die pure Sahara. Ich kippte das bisschen Eis hinein, das ich noch in der Schale hatte. Und dann fing ich an zu erzählen. Aus irgendeinem Grund fand ich, dass ich Liv nicht anlügen dürfte. Immerhin erlaubte ich mir, Teile der Wahrheit auszulassen. Deshalb erzählte ich von Mama, die weggegangen war, und von Papa, der nicht der beste Papa auf der Welt war. Ich erzählte von seiner Suche nach der großen Liebe, sagte aber nichts darüber, dass er verschwunden war. In Fernsehserien erzählten Freundinnen einander alles, und sicher hatte Liv eine Menge Freundinnen. Und Gerüchte können sich ausbreiten wie Bazillen.

Wir brachen gemeinsam auf, Liv war wohl nach der Schule mit irgendwelchen Leuten verabredet. Ich hatte die Zeit total vergessen und schob den Pulloverärmel hoch, um auf die Uhr zu schauen. Zum Glück war es noch eine halbe Stunde bis zum Anruf bei der Rektorin. Gerade Zeit genug, um Papas Handy von Zuhause zu holen.

»Ich muss auch los«, sagte ich und überlegte, was ich sagen sollte, um sie wieder treffen zu können. »Wir sehen uns sicher in der Schule.«

Sie antwortete nicht sofort.

»Das schon«, fing sie dann an und schaute zu Boden. »Aber vielleicht ist es besser, wenn wir uns nicht so gut kennen ...«

»Klar. Die anderen könnten ja denken, dass wir ... die könnten jedenfalls denken, und man weiß nie, was dabei rauskommt.«

»Aber hallo, es wäre nett, mal wieder zur reden.«

»Wenn du so redest, dann ... nein, vergiss es. Wir können ja mal wieder Eis essen gehen«, schlug ich vor.

Ihr Lächeln traf mich wie das Feuer eines Flammenwerfers.

»Es wäre nett, mal wieder ein Eis zu essen.«

»Ja, ich meine, wir zwei zusammen.«

»Das habe ich auch gemeint.«

»Ja, Eis ist gut. Besser als Pudding. Aber süßer Pudding ist auch gut. Ich meine, nicht der fiese Pudding.«

Ich verabschiedete mich, ehe noch mehr Kröten aus meinem Mund kamen. Kaum war ich um die Ecke gebogen, fing ich an zu rennen. Auch die Uhr hatte es eilig, denn als ich nach Hause kam, war es später, als mir lieb war. Ich schnappte mir das Handy, das inzwischen aufgeladen war, und rannte wieder los. Im Treppenhaus begegnete mir Cecilie.

»Sie bekommen das Ketchup bald wieder«, sagte ich und rannte weiter.

»Ich würde lieber mit deinem Vater reden«, rief sie hinter mir her.

Ich hatte keine Zeit zum Antworten. Ich rannte über den Plattenweg vorbei am Laden, über den Spielplatz und dann den Hang hinab auf den Imbiss zu. Die ganze Zeit hatte ich Angst, die Penner könnten unsere Abmachung vergessen haben und anderswo ihr Bier trinken. Als ich den Weg unten erreicht hatte, schaltete ich noch einen Gang höher. Der Puls pochte mir im Hals und der Schweiß lief mir über die Stirn. Als ich um die letzte Ecke bog, sah ich die Clique da sitzen. Einer hob sogar die Hand zum Gruß, als ich versuchte, die letzten Meter ruhig zu gehen.

»Ich muss schon sagen, du bist aber gar nicht in Form, Junge«, sagte der Älteste, der, der versprochen hatte, die Rektorin anzurufen.

»Sind Sie bereit um anzurufen?«

»Sag mir, was Sache ist, Junge«, sagte er und für einen Moment schien er zu nuscheln.

Was, wenn er nun betrunken war? Er zog die Bierdose aus der Plastiktüte und trank einen langen Zug. Sein Atem stank, als hätte er viel gefeiert. Ich sagte ihm, mein Papa heiße Guttorm Grimstad und ich sei Håkon. Papa war schon einmal bei der Rektorin gewesen und da hatten sie wohl viel übers Angeln geredet. Der Mann lachte, als ich von der Tropferei erzählte, wegen der Papa die Sache am Telefon klären musste.

»Gute Idee«, schmunzelte er. »Ich habe außerdem schon ganz schön viel geangelt.«

»Es wäre vielleicht klug, diesmal über etwas anderes zu reden, wir wissen ja nicht genau, was sie beim letzten Mal gesagt haben.«

»Überlass dass einfach mir.«

Es war schon drei nach. Der Mann stand auf und ging ein Stück von den anderen weg, um Trinkgeräusche und Suffgerede im Hintergrund zu vermeiden. Er hatte jetzt klare Augen und schien sich darauf zu freuen, meine Rektorin auszutricksen. Ich ging hinter ihm her, bereit, ihm im Notfall in einer Art Zeichensprache Infos zukommen zu lassen. Das größte Problem war, dass ich nicht hören würde, was die Rektorin am anderen Ende der Leitung sagte. Er wählte die Nummer und entblößte eine Reihe von braunen Zähnen, als er mich angrinste.

»Ja, hallo, hier ist Håkons Vater. Ich sollte Sie anrufen«, sagte er und schwieg, als die Rektorin dann loslegte. Er nuschelte nicht mehr. »Ja, ich tropfe wie eine kleine Tropfsteinhölle.«

Ich schüttelte den Kopf. Papa hätte niemals so ein Wortspiel gemacht. »Sie meinen, mein Kleiner hat sich ungezogen aufgeführt?«

Papa hätte mich niemals »mein Kleiner« genannt. Oder »ungezogen«. Die Rektorin redete am anderen Ende der Leitung eine Zeit lang.

»Sie wissen doch, Jungs in dem Alter«, sagte der Mann und redete jetzt ganz anders als vorher mit seinen Kumpels. Die Wörter waren ganz deutlich und er hörte sich an wie ein Erwachsener, dem man vertrauen kann. Aber dann sagte er: »Jungen müssen sich manchmal ein bisschen abreagieren. Ich war in dem Alter auch so. Habe meinem Lehrer Heftzwecken auf den Stuhl gelegt und seine Galoschen am Boden festgeklebt. Sie wissen schon, die Lehrer benehmen sich auch nicht immer so gut. Oder was sagen Sie, mögen Sie alle Ihre Kollegen?« Das Problem war nicht mehr, wie er redete, sondern was er sagte. Der Typ sagte nichts, was Papa jemals gesagt hätte. Ich nahm an, dass die Rektorin jetzt so richtig in die Luft ging. Jedenfalls redete sie lange und der Mann machte dazu ein trauriges Gesicht. Ich hatte Lust, ihm das Handy aus der Hand zu reißen und loszurennen, aber ich rührte keinen Finger, ich stand nur da und hörte zu, wie er mich um Kopf und Kragen redete.

»Ich könnte ihn natürlich an den Klavierhocker fesseln und ihm zehn Schläge mit dem Gürtel verpassen, aber glauben Sie, das würde helfen? Ich könnte die Badewanne mit kaltem Wasser füllen und seinen Kopf hineinpressen, bis seine Lunge sich mit Wasser füllt, aber würde das helfen? Nein, was hilft, ist, wenn Sie dem Jungen Freiheit geben. Lassen Sie ihn seine Fantasie benutzen. Lassen Sie ihn ab und zu zu spät kommen. Ja, Teufel auch, klopfen Sie ihm auf die Schultern, statt ihn dauernd von den Lehrern in Ihr Büro schicken zu lassen. Stellen Sie sich vor, Sie wären ein verängstigter kleiner Junge, der versucht, sich im Leben zurechtzufinden.« Der Mann verstummte. Es hatte wohl keinen Zweck, am nächsten Tag in die Schule zu gehen. Oder in der nächsten Woche. Die Rektorin musste ja glauben, Papa habe den Verstand verloren. Es hätte mich nicht gewundert, wenn sie das Jugendamt informiert hätte.

»Hallo?«, fragte der Mann

Sicher hatte die Rektorin aufgelegt.

»Ich wollte nicht ...«, begann er. »Ich wollte Sie nicht zum Weinen bringen.«

Er schaute zu mir herüber.

Weinte die Rektorin wirklich?

»Ach, dann Sind Sie also meiner Ansicht? Schön, das zu hören. Sie wissen, dass Hans ein lieber Junge ist ...«

»Håkon«, rutschte es mir heraus.

»Håkon, meine ich. Er ist nicht immer ganz pflegeleicht, aber das sind eben nicht alle. Wenn man sich nicht um die kümmert, die ein wenig aus dem Rahmen fallen, können sie leicht als Trinker oder Junkies enden. Damit kenne ich mich aus. Aber ich wollte ja nicht ... Geht's jetzt besser?«

Die Rektorin sagte etwas am anderen Ende der Leitung.

»Das klingt wirklich gut«, sagte der Mann ernst. »Ja, vielleicht sollten Sie und ich einmal angeln gehen?«

Ich schüttelte den Kopf und fuchtelte mit den Armen.

»Ich habe eine sehr gute Forellenangel unten beim Pfandleiher. Wir könnten ein Zelt und ein paar Bier mitnehmen und ...«

Die Rektorin fiel ihm ins Wort. Dann folgte ein längeres Gespräch über Angelpartien und Wochenenden auf der Hütte. Der Mann erzählte, er sei ein guter Schreiner, auch wenn er lange keine Stelle mehr gehabt habe.

»Diese Hütte scheint ja schön gelegen zu sein«, sagte er interessiert.

Die Rektorin redete wieder eine Weile. Jetzt lächelte der Mann strahlend.

»Ja, schön, dann rufe ich wieder an. Sie scheinen ja ein patentes Frauenzimmer zu sein.«

Dann war es vorüber. Aber war die Katastrophe zur Tatsache geworden? Da war ich mir wirklich nicht sicher.

»Reizende Frau«, sagte er und reichte mir das Handy. »Sie will mit deinem Lehrer sprechen und ihn bitten, dir ein wenig mehr Spielraum zu geben. Ich glaube, wir werden angeln gehen. Vielleicht auch auf eine Hütte fahren. Hab schon seit Jahren keine Frau mehr gehabt.«

Jetzt nuschelte er wieder.

»Sie können nicht mit der Rektorin angeln gehen, dann sieht sie doch, dass Sie nicht mein Vater sind.«

»Das kommt schon in Ordnung, Junge. Sie wird nur angenehm überrascht sein, wenn sie sieht, dass ich nicht tropfe. Und das tu ich wirklich nicht, meine Blase ist so groß wie ein Schwimmbecken. Aber sie hat die Sache gerafft. Vernünftige Frau. Hat nur ein bisschen nah am Wasser gebaut.«

Ich war wirklich verwirrt. Dieser Betrunkene hatte etwas gesagt, das meine Rektorin mitten im Herzen getroffen hatte. Die Rektorin war nicht als Heulsuse bekannt und meines Wissens ließ sie sich auch nicht mit jedem ein. Wenn sie gewusst hätte, dass sie mit einem der Penner vom Kiosk geredet hatte, dann hätte sie die Angeltour garantiert energisch verweigert.

»Aber wie haben Sie es geschafft, am Telefon so ganz anders zu klingen?«, fragte ich.

»Hab doch auch schon gearbeitet. Guter Job im Büro und so. War aber nix für mich.«

Ich bedankte mich für seine Hilfe und versuchte, ihm das Geld zu geben.

»Das behalt du mal selbst. So ein nettes Gespräch hab ich schon lang nicht mehr gehabt.« Er behielt den Zettel mit der Nummer der Rektorin und ging zu seinen Kumpels zurück.

Was würde passieren, wenn ich am nächsten Morgen in die Schule kam?

Ich zeichnete einige Theorien auf.

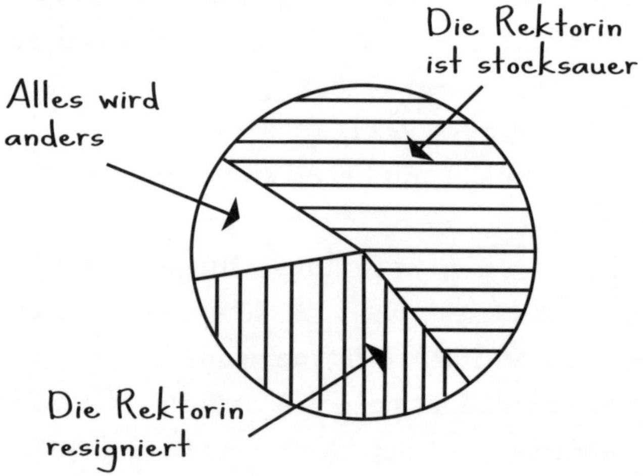

Irgendwann an diesem Tag war der Strom zurückgekommen. Ida umarmte mich. Nicht lange, aber sie sagte schöne Sachen.

»Jemand aus deiner Klasse hat gefragt, ob du krank bist«, sagte sie.

»Ach? Und was hast du gesagt?«

»Ich habe gesagt, nicht sehr.«

Der Abend wurde lang und kurz zugleich. Lang, weil wir viel schafften, kurz, weil die Zeit so schnell verging. Ich habe es immer schon komisch gefunden, dass alle guten Sendungen kommen, wenn man schon im Bett sein sollte. Ida und ich gingen erst schlafen, als der Abend in die Nacht hinüberkippte. Sie war auf dem Sofa fast eingeschlafen und ich musste ihr zu meinem Bett helfen. Diesmal legte ich den Arm um sie und flüsterte ihr »gute Nacht« ins Ohr.

Ehe ich einschlief, warf ich den Würfel für diesen Tag.

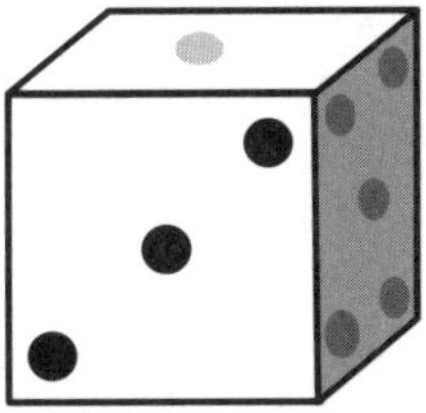

Aber dann fiel mir das Gespräch mit der Rektorin ein.

Und ich dachte an Liv.

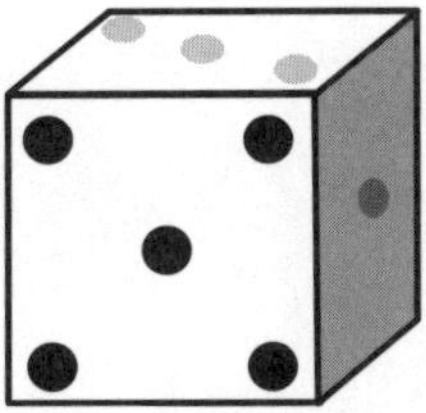

Ehe ich noch mehr denken konnte, war ich eingeschlafen und wurde davon geweckt, dass es klingelte. Vor dem Fenster war

Morgen und die Uhr zeigte genau die richtige Zeit, um noch rechtzeitig zur Schule zu kommen.

Als die Türklingel zum zweiten Mal ertönte, beschlich mich allerdings ein unangenehmes Gefühl. Und unangenehme Vorahnungen stimmten im Moment gar zu oft.

Der beste Plan aller Zeiten (glaube ich)

Ich setzte mich auf. Vor dem Fenster wartete ein grauer Tag.

Ida rieb sich die Augen.

»Vielleicht sollten wir die Klingel ausschalten?«, schlug sie vor.

Ich schlich zur Tür und schaute durch das Guckloch. Es war einfach schwarz. Jemand drückte sein Auge an die andere Seite. Jetzt donnerte eine Faust gegen die Tür. Ich stellte mir einen riesengroßen wütenden Geldeintreiber vor.

»Wer ist das?«, fragte Ida leise.

»Keine Ahnung«, flüsterte ich und hörte, dass meine Stimme ein wenig zitterte.

Wieder wurde gegen die Tür gehämmert. Konnte Papa sich auch von zwielichtigen Typen Geld geliehen haben? Was, wenn er zum Spielen nach Las Vegas gefahren war? Oder in zweifelhafte Imbissbuden investiert hatte?

Ich zog Ida wieder zurück in mein Zimmer. Wir setzten uns aufs Bett, während abwechselnd geklingelt und gehämmert wurde.

»Es ist sicher nicht wichtig«, sagte ich und hörte sofort, wie blöd das klang.

Nicht wichtig? Da draußen stand doch ein Muskelprotz.

Idas Mundwinkel krümmte sich auf die Weise, die ich inzwischen so gut kannte.

»Ich seh noch mal nach«, sagte Ida und lief lautlos auf nackten Füßen zur Tür.

Gleich darauf hörte ich, wie sie den Schlüssel umdrehte.

»Was machst du denn da?«, rief ich und kam mit einem Kleiderbügel angerannt, um uns zu verteidigen.

In der Türöffnung sah ich ein vertrautes Gesicht. Ein wütendes Gesicht. Ein altes Gesicht. Da stand der Drache.

»Ach, hallo«, sagte ich und warf den Kleiderbügel in die Küche, wo er ein Glas umwarf, das vom Tisch kullerte und auf dem Boden zerbrach. »Das ist aber nett, dass du vorbeischaust. Ich jage gerade in der Küche die Ratten.«

»Ihr lieben Kinder. Jetzt habe ich sehr lange hier draußen gestanden. Geklingelt. Geklopft. Warum macht ihr nicht auf?«

Es war deutlich, dass der Drache sich gewaltig zusammennehmen musste, um beherrscht zu klingen.

»Schön, dich zu sehen, Oma. Aber hast du sonst nicht ein bisschen jünger ausgesehen?«

»Håkon!«

Sie stand kurz vor der Explosion, deshalb beschloss ich, sie zu beruhigen. »Du musst verstehen, wir haben geschlafen. Und jetzt bist du ja in der Wohnung.«

»Sagt eurem Vater, dass ich den ganzen Tag hier sein muss. Er kann weggehen, wenn er mich nicht sehen will.«

»Er ist nicht zu Hause«, erklärte Ida.

»Schläft er denn nicht zu Hause?«

»Aber er ist auch nicht weit weg«, fügte ich eilig hinzu. »Er ist nicht verreist. Das steht jedenfalls fest.«

»Er ist verreist?«

»Nein, das eben nicht. Er hat ein Date.«

»Wer trifft sich denn morgens mit Frauen?«

»Das nennt sich Frühstücksdate. Du bist nicht auf dem Laufenden, Oma. Solltest du dir nicht auch einen Mann suchen, mit dem du dich ein bisschen amüsieren kannst?«

Dafür, dass sie so klein war, wirkte meine Drachenoma plötzlich riesig groß. Ich wich zwei Schritte zurück, ich hatte immer schon befürchtet, dass sie mir irgendwann Kopfnüsse verpassen oder Wasser in die Hose gießen oder noch Schlimmeres antun würde.

»Weißt du was, Håkon, ich brauche keinen Mann«, sagte sie mit unheilverkündender Stimme. »Dein Vater denkt nur an Frauen. Wenn er nicht so schlampig und unzuverlässig wäre, hätte er meine Tochter vielleicht halten können.«

Dann änderte sie ihren Tonfall: »Meint er übrigens, dass ihr euch selbst Frühstück machen sollt?«

»Wir können uns sogar selbst anziehen.«

»Dann zieht euch jetzt an und ich mache Frühstück. Und dann muss ich zählen, wie viel Besteck und Teller ihr habt. Ich leihe übrigens diese Schlüssel hier aus.«

Sie nahm sich die Reserveschlüssel, die in einer Schüssel auf der Anrichte lagen. Jetzt hatte sie freien Zutritt zur Wohnung. Ida und ich gingen in mein Zimmer. Ida setzte sich auf den Stuhl und ich auf das Bett.

»Was machen wir jetzt?«, fragte Ida.

»Ich brauche eine Idee, wie wir sie verschwinden lassen können. Was kann der Drache nicht leiden?«

»Du und deine Ideen«, seufzte Ida.

Eigentlich gab es ziemlich viel, das der Drache nicht leiden konnte. Aber wenn sie erst einmal loslegte, war sie wie ein Panzer. Nichts konnte sie aufhalten. Die Frage war, ob sie weiter glauben würde, dass Papa dauernd Mittagsdates, Abenddates, Dates mitten in der Nacht hatte, unendlich viele Dates, und dass er deshalb nie zu Hause war? Ich fuhr mit der Hand über das Pflaster auf meinem Zeigefinger und überlegte. Der grüne Eiter schien den Nagel neu angeleimt zu haben und jetzt fühlte sich der Schmerz ungefähr an wie ein mittelgroßes Fahrtenmesser, das immer und immer wieder in meinen Finger schnitt.

»Was, wenn wir einen besseren Ort für ihre Feier finden?«, schlug Ida vor.

»Wenn ich nur mit dem König oder einem Grafen mit Schloss bekannt wäre, würde ich fragen, aber ich kenne nur Leute, die in Wohnblocks wohnen. Vielleicht sollten wir lieber mit der Ratteninvasion im Haus weitermachen?«

»Das glaubt der Drache dir doch nie. Sie wird bei den Nachbarn fragen. Sollen wir das Türschloss auswechseln lassen?«

»Dann wird sie total hysterisch und ruft einen Schlosser. Vielleicht könnten wir ihr Gift ins Essen tun?«

Ida sah mich aus großen Augen an. »Wäre das nicht ein bisschen sehr …«

»Doch, doch, war nicht so gemeint. Leute in ihrem Alter können daran ja sterben. Aber was, wenn sie die Lust auf diese Geburtstagsfeier verliert?«

»Gibt es denn etwas, das ihr die Lust auf das Geburtstagsfest vermiesen kann?«

Selbst die stursten Leute ändern manchmal ihre Meinung,

solange sie niemand dazu auffordert. Der Drache musste selbst auf die Idee kommen, den Geburtstag nicht feiern zu wollen. Es war wie beim Backen. Man hat einen Teig, den man knetet und aufgehen lässt, danach steht er eine Weile im Backofen und dann kommt etwas ganz Fantastisches heraus. Genauso war ich jetzt mit einem Teig beschäftigt: Ich knetete eine ziemlich zähe Idee. Die Zutaten waren unter anderem Blumenerde, Schokolade und Zuckerrübensirup. Zuerst zog ich mich an, dann ging ich hinaus zum Drachen, der schon Frühstück gemacht hatte. Aber ehe ich essen durfte, musste ich mir die Hände waschen, die Haare kämmen, die Zähne putzen, Zahnseide benutzen und neues Klopapier aufhängen. Als ich mich endlich mit meinem Müsli hinsetzen durfte, musste ich den Drachen seufzen hören, was für das Fest noch alles zu erledigen war. Ich kam zu dem Schluss, dass es drei Kategorien von Aufgaben gab, und zeichnete auf einen Zettel eine Übersicht darüber, wer was zu tun hatte.

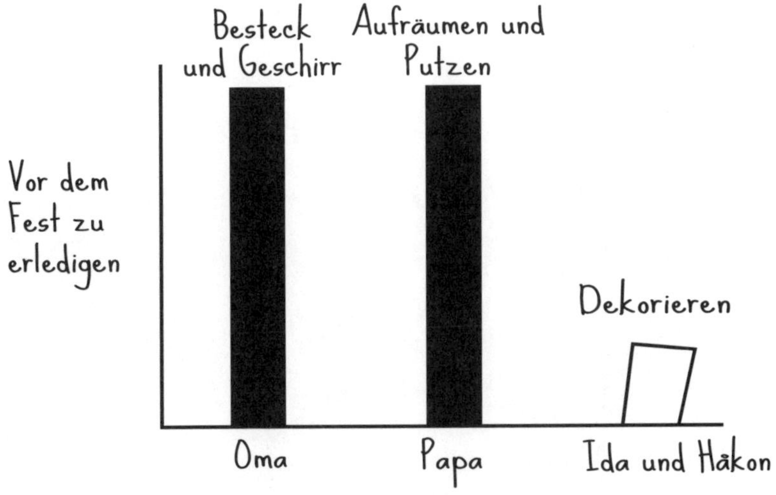

Ich gab die Übersicht dem Drachen und der nickte zustimmend. Vermutlich war das als Lob zu betrachten. Was sie nicht wusste, war, dass das Wort »Papa« eigentlich auch Ida und Håkon bedeutete.

»Ich schwärme für Goldservietten, weiße Tischdecken und Kerzen, so ein bisschen klassisch. Du hast doch gesehen, wie es bei mir zu Hause aussieht?«

»Ich sehe mir immer sehr genau an, wie es bei dir zu Hause aussieht«, log ich.

»Dann verlasse ich mich darauf, dass du beim Tisch decken helfen kannst. Du wirst jetzt groß, Håkon.«

»Weiß ich. Papa lässt mich manchmal den Wagen fahren.«

»Was sagst du da?«

»Wenn wir einen Wagen hätten, würde er das sicher tun.«

Der Drache seufzte und machte weiter in der Küche Jagd auf Porzellan. Ich ging in mein Zimmer und fing mit einer Einkaufsliste an. Es war wirklich ein ganz schön scharfer Plan. Ich brauchte lange, um alle nötigen Zutaten zu finden. Denn ich hatte nur einen einzigen Versuch.

Hellbrauner Filzstift
Blumenerde
Tomatensoße
Schokoladensoße
Eine Dose Mais
Mehl

Zuckerrübensirup
gelbe Lebensmittelfarbe
Hundetüten
Chili
weiße Schminke

Das Problem war, dass ich vermutlich nicht mehr genug Geld hatte, um alles auf der Liste zu kaufen. Zuerst durchsuchte ich die Küchenschränke nach Dingen, die ich aufgeschrieben hatte, fand aber nichts Brauchbares. Ich steckte den Zettel in die Hosentasche und stellte fest, dass mir die Zeit schon wieder davongelaufen war. Ich hatte ziemlich pünktlich zur Schule kommen wollen, aber das würde mir jetzt kaum gelingen. Außerdem befahl der Drache, dass ich mir noch einmal die Zähne putzte, ehe ich gehen durfte.

»Du willst doch wohl keinen Besuch von Karius und Baktus haben?«

Ich konnte es mir nicht verkneifen: »Hießen so deine Ehemänner?«

Sie achtete nicht auf mich. Stattdessen bestand sie darauf, meine Jeans zu bügeln und mir ein weißes Hemd anzuziehen.

»Die heutige Jugend sieht immer so schlampig aus. Nach der Schule brauche ich deine Hilfe. Wir treffen uns hier um drei.«

»Aber m…«

»Håkon, das ist wichtig für mich.«

»Aber mein Finger ...«

Ich hob meinen Finger mit dem Pflaster, das nicht mehr richtig schlimm aussah.

»Dann ist das abgemacht«, sagte sie und ging in die Küche.

Der ganz normale Wahnsinn

Ich lief zur Schule, obwohl ich unmöglich noch rechtzeitig kommen konnte. Eigentlich glaubte ich nicht so recht, dass die Rektorin mit Bürste gesprochen hatte, aber diesmal wollte ich etwas Neues probieren. Die Wahrheit? Der Grund für mein Zuspätkommen war der Drache und ich würde Bürste alles erzählen, was an diesem Morgen geschehen war. Alles, nur nicht, dass Papa verschwunden war. Es gab ja doch Grenzen dafür, wie ehrlich ich sein konnte.

Vor der Tür zum Klassenzimmer hörte ich, dass Bürste schon mit dem Unterricht angefangen hatte. Er unterbrach sich, als ich öffnete, und sofort richteten sich alle Blicke auf mich. Ich sah, wie die Erwartung in den Gesichtern einiger Jungen leuchtete.

»Tut mir leid, aber das war so«, fing ich an. »Heute morgen früh ist meine Großmutter zu Besuch gekommen und sie ist ...«

»Das macht nichts, setz dich einfach.«

Was sollte das bedeuten? Sollte ich mich nicht erklären? Ich wollte doch die Wahrheit sagen.

»Aber ich will ...«

»Ist schon gut, Håkon«, sagte Bürste freundlich.

»Wir wollen Håkons Erklärungen hören«, sagte Aksel.

»Meine Erklärung ist ganz wahr und einfach, was passiert ist …«, versuchte ich es wieder, aber abermals fiel Bürste mir ins Wort.

»Du hast gehört, was ich gesagt habe. Setz dich. Ist schon gut. Du musst nicht zur Rektorin.«

Was war nur in ihn gefahren? Dann fiel mir ein, dass ich keine Aufgaben gemacht hatte und das konnte ich ja auch gleich zugeben.

»Ich habe auch keine Aufgaben gemacht, weil …«

»Das kann manchmal vorkommen. Heute macht das nichts.«

»Aber es war doch, weil …«

»Ist schon gut, Håkon. Hast du nicht gehört?«

»Aber ich habe einen sehr guten Grund«, beharrte ich, obwohl das nicht stimmte.

»Und den guten Grund wollen wir hören«, verlangte Aksel.

»Aber hör mal«, sagte Bürste mit ungewöhnlich lauter und gestresster Stimme. Sein Gesicht war hochrot geworden. »Mir ist das egal! Ich pfeif darauf, warum Håkon zu spät kommt und warum er keine Aufgaben gemacht hat.«

»Wenn Sie meine Gründe wüssten, würden Sie noch lauter darauf pfeifen«, sagte ich.

Bürste bekam einen ganz irren Blick.

»Halt den Mund! Setz dich! Und du darfst nicht zur Rektorin. Kommt nicht in Frage.«

»Ja, aber ich will doch gar nicht zur Rektorin.«

»Setz dich!«

»Ich setze mich jetzt.«

»Ja ...setz dich einfach ... beug die Knie ... Rücken gerade ...«

»Der Drache kriegt die Mittelmeermädels zu Besuch«, sagte ich eilig, ohne daran zu denken, dass Bürste ja nicht wusste, dass ich meine Oma Drache nannte.

»Nein!«, rief er.

»Nicht, dass Oma mit Drachen verwandt wäre, die Feuer speien ...«, versuchte ich zu erklären.

»Ich will das nicht hören!«

Dann passierte es. Die anderen hatten geglaubt, meine Erklärungen würden ihn irgendwann in den Wahnsinn treiben, aber dann passierte es bei dem einen Mal, als ich gar nichts sagen durfte. Bürste blieb vor der Tafel stehen und stotterte vor sich hin. Die ganze Klasse starrte ihn an, niemand wollte seinen Zusammenbruch verpassen. Ich beschloss, nichts mehr zu sagen. Weder Wahrheit noch Lüge. Ich würde den Mund halten. Eigentlich tat mir unser Lehrer leid, weil er plötzlich nicht einen vernünftigen Satz mehr herausbrachte. Er schüttelte den Kopf und fuhr sich mit der Hand durch den struppigen Schopf. Plötzlich stürzte er aus dem Raum und knallte mit der Tür. Danach summte die Luft von Stimmen, die dieses historische Ereignis sofort diskutieren mussten. Einige Jungen klopften mir auf die Schulter, ungefähr so, als ob ich beim Sport ein tolles Tor geschossen hätte. In den ersten fünf Minuten lärmte die Klasse, als ob es ein Fest wäre, aber als Bürste nicht zurückkam, ging den Gesprächen die Luft aus. War er wirklich vollständig zusammengebrochen?

Erst nach zwanzig Minuten tauchte die Rektorin auf und sagte, wir könnten eine ganz besonders lange Pause machen. Sie ging, ehe ich sie fragen konnte, was denn passiert sei.

»Das war nicht deine Schuld«, sagte ein Mädchen tröstend.

Vermutlich sagte sie das, damit ich mich besser fühlte, aber es überzeugte mich nur endgültig davon, dass Bürste seinen Zusammenbruch mir verdankte. Ich war kein Traumschüler, ich war wohl so einer, von dem die Lehrer im Lehrerzimmer ein Bild aufhängten und darauf Pfeile warfen. Aber ich hatte wirklich nicht vor, Lehrer in den Wahnsinn zu treiben.

Ich ging aufs Klo, schloss ab und setzte mich auf den Deckel, um die Sache zu Papier zu bringen.

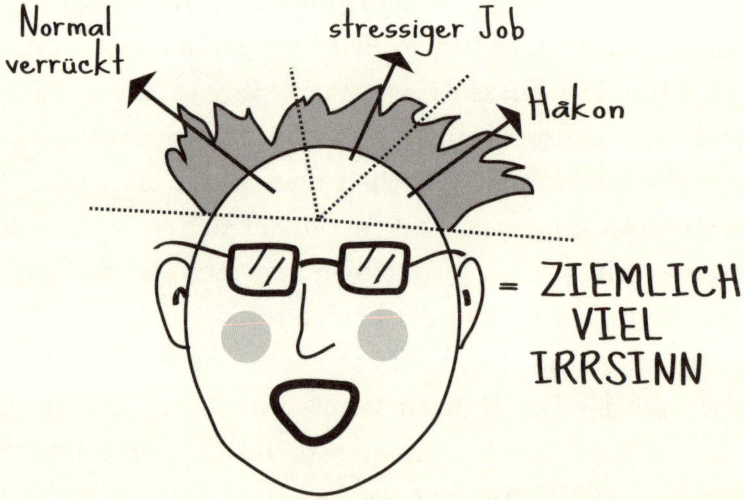

Ich steckte das Blatt in die Tasche und schloss die Tür auf. Im Gang begegnete mir Liv, die langsamer wurde, als sie mich sah. Es war sonst niemand in der Nähe.

»Hallo, Liv.«

»Warum sagst du das?«

»Tschuldigung, ich nehm es zurück.«

»Du hast doch schon hallo gesagt.«

»Tut mir leid, es kann doch jetzt aussehen, als ob ich dich kenne«, sagte ich und schaute mich über die Schulter um.

»Tust du ja. Aber wir wollten nicht in der Schule, sondern nach der Schule hallo sagen«, erklärte sie mit strenger Stimme.

»Dann müssen wir am selben Ort sein.«

»Vielleicht können wir am selben Ort sein«, sagte sie und lächelte gerade so sehr, dass ich mich wie frisch gegrillt fühlte. »Ich habe übrigens gehört, dass du Bürste zum Durchdrehen gebracht hast.«

»Das ist nur zu einem Drittel meine Schuld. Das habe ich ausgerechnet.«

»Du bist witzig.«

»Du bist ...«

Ich wollt schon »hübsch«, sagen, aber mir fiel ein, dass sie dann doch glauben konnte, ich sei total verrückt nach ihr. Ich musste hier einen auf cool machen, wenn wir wieder Eis essen wollten.

» ... ziemlich listig.«

Ziemlich listig? Was sollte das bedeuten?

»Und du bist ganz schön komisch«, sagte sie und ging. Aber nach zwei Schritten drehte sie sich um und fügte hinzu: »Dann um drei in der Eisdiele.«

Ich nickte eifrig. Sie wollte sich mit mir treffen! Sie mochte Jungs, die ganz schön komisch waren. Erst nach einigen Minuten fiel mir ein, dass das der denkbar blödeste Zeitpunkt war. Um drei sollte ich mit dem Drachen zu Hause sein. Das hatte ich feierlich versprechen müssen. Ich versuchte so verzweifelt, eine Lösung für dieses Problem zu finden, dass ich die Rektorin erst entdeckte, als ich fast mit ihr zusammengestoßen wäre.

»Ach, hallo, was macht denn Bürs ... ich meine, Bernt?«

Die Rektorin lächelte mich an. Sie lächelte sonst nie, wenn sie etwas sagte. »Er ist nach Hause gefahren. Verstehst du, ich habe ihm gesagt, er soll dir etwas mehr, wie soll ich sagen, mehr Ellenbogenfreiheit geben. Du bist vielleicht nicht ganz so wie andere Kinder, und wir müssen uns doch auch um die kümmern, die anders sind. Das hat dein Vater mir klargemacht. Ja, dein Vater ... der ... ja, also, ich wollte dich da etwas fragen, was ihn betrifft ...«

Sie strich sich die gebleichten Haare glatt.

»Müssen wir über Papa reden?«, fragte ich mit besorgtem Tonfall.

»Nein, nein, ich meine nicht das Tropfen. Er kommt mir nur vor wie ein großartiger Mann. Ich bin ihm ja schon begegnet, ich weiß also, wie toll ... äh, vergiss das bitte, aber gestern war da etwas bei unserem Gespräch, ein ganz besonderes Verständnis.«

Ihre Wangen wurden tiefrot.

»Er ist im Moment nicht ganz er selbst«, erklärte ich.

Die Rektorin blinzelte hektisch und suchte sichtlich nach Worten.

»Ich möchte dich nur bitten, deinen Vater zu grüßen und zu sagen, dass ich mich gern mit ihm unterhalten habe.«

Die Rektorin zappelte im Stehen, so, wie die Lehrer es uns immer verbieten. Ich ahnte, dass eine Frage im Anmarsch war, die ich nicht beantworten wollte. Ich versuchte, ihr zuvorzukommen und sagte: »Das Tropfen ist schlimmer geworden.«

»So was kann man operieren.«

»Er war zuletzt auf der Grundschule beim Arzt und fürchtet sich vor allen, die weiße Kittel tragen.«

»Hat er ei ... eine Freundin, die ... die sich um ihn kümmern kann?«

Das war die Frage. Ich hätte mit ja antworten können, hatte aber so eine Ahnung, dass sie das nicht entmutigen würde.

»Das will er nicht.«

»Wie spannend«, sagte sie glücklich.

»Er weigert sich glattweg.«

»Er hat einfach noch nicht die Richtige gefunden. Aber er angelt gern, soviel ich weiß.«

Gab es denn wirklich nichts, das die Rektorin abschrecken könnte?

»Ich hab versucht, ihm eine Gummihose zu kaufen.«

»Er braucht doch keine Gummihose. Es muss ja möglich sein, etwas zu nähen, das ...«

»Nadeln erinnern ihn an seine Zeit als Junkie.«

»Ich verstehe ja, dass das schwierig für dich ist, Håkon. Aber du musst schon akzeptieren, dass starke Gefühle entstehen, wenn man erwachsen ist. Das wirst du später im Leben begreifen.«

Die Rektorin ging fröhlich weiter. Ich wollte ihr hinterherlaufen. Sagen, dass Papa eine Krankheit hatte, bei der die Haut sich ablöste und die Zähne ausfielen. Dass er sich das Gesicht tätowiert hatte. Ich könnte auch ganz einfach die Wahrheit sagen. Aber das tat ich nicht. Ich hatte nicht mehr genug Kraft für einen solchen Einsatz.

In der nächsten Stunde zeichnete ich eine Art Stundenplan dieses Tages.

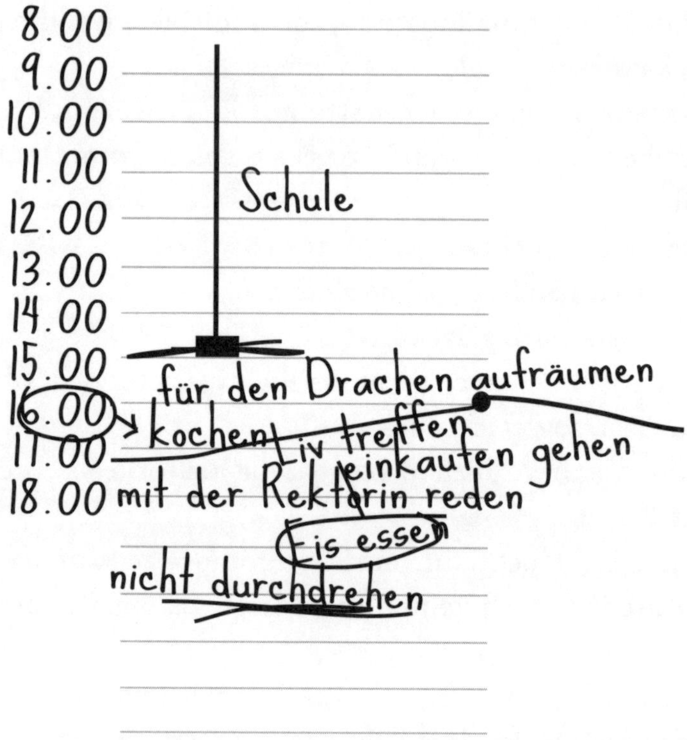

Ich sah mir den Plan an. Normalerweise machten die Zeichnungen mein Leben übersichtlicher, aber diese hier kündete nur Chaos an. Ich knüllte den Zettel zusammen und warf ihn weg.

Jetzt brauchte ich ganz neue Pläne.

Über das »zur Hölle scheren«

Wir wurden früh nach Hause geschickt, da die Schule so kurzfristig keine Vertretung besorgen konnte. Ich lief den ganzen Weg, obwohl ich es doch gar nicht eilig hatte. Mir kam nur heute alles dringlich vor.

Als ich ziemlich atemlos und verschwitzt zu Hause angekommen war, fiel mir ein, dass ich etwas vergessen hatte, das Papa sonst tat. Ich musste im Briefkasten nachsehen. Der war ziemlich voll mit allerlei Briefen, die ich auf einen der drei Tische legte, die der Drache aufgestellt hatte.

Es waren viele weiße Umschläge mit eleganten Logos, garantiert Rechnungen. Mitten in dem Stapel sah ich das Bild eines Strandes. Das war eine Postkarte, auf der in acht verschiedenen Farben Mallorca stand, eine knallige Farbe pro Buchstabe. Ich drehte die Karte um.

TUT MIR LEID, DASS ICH ES SO MACHEN MUSSTE, KINDER. ICH BIN IN ETWAS REINGERUTSCHT, AUS DEM ICH NICHT WIEDER RAUSKAM. ICH WERDE HOFFENTLICH BALD WIEDER ZU HAUSE SEIN. PAPA

Ich sah die Karte an. Er war auf Mallorca. Es tat ihm leid, dass er weggefahren war. Er hatte nicht einmal genug Platz gehabt, um zu erklären, was denn passiert war. Er wusste nicht, wann er wieder nach Hause kommen würde. *Hoffentlich bald*? Ich riss die Karte in kleine Fetzen. Eine Postkarte? Die sollte uns helfen? Er hätte anrufen können. Oder einen Brief schreiben, in dem er wenigstens versuchte zu erklären, was in seinem kranken Kopf vor sich ging. Ich ließ die Fetzen auf den Teppich rieseln.

War es etwa unsere Schuld, dass er weggegangen war? Ich saß da und sah den Schnee auf dem Teppich an. Konnten wir es sein, vor denen er weggelaufen war? Ich schüttelte diesen Gedanken ab. Gleich darauf kam Ida zur Tür herein und ich versuchte sofort, die Fetzen mit den Händen zusammenzufegen.

»Was machst du denn da?«

Ich musste mich daran erinnern, dass ich Ida nicht anlügen durfte.

»Tut mir leid, aber ich habe Papa vernichtet.«

»Was?«

Ich schaute die Fetzen aus Sonne, Strand und Kugelschreiberschrift an.

»Ist das Post von Papa?«, fragte sie auf eine Weise, die mich ungeheuer bereuen ließ, dass ich ihn vernichtet hatte.

Ich nickte langsam und versuchte, ein Gesicht zu machen, das vor schlechtem Gewissen geradezu triefte.

»Warum darf ich sie nicht lesen?«, fragte Ida vorwurfsvoll.

Ich schaute auf die Fetzen hinab, aber es waren zu viele, um sie wieder zusammenzusetzen. Ida hatte wirklich recht.

»Ich war wütend.«

»Du Dussel! Ich wollte das doch selbst lesen!«

»Da stand fast nichts drauf.«

»Das spielt ja wohl keine Rolle. Ich hätte es trotzdem lesen wollen. Du glaubst, alles dreht sich nur um dich. Aber das stimmt nicht!«, rief sie, lief in ihr Zimmer und knallte die Tür zu.

Was macht man mit wütenden kleinen Schwestern? Leute nerven konnte ich gut, trösten fiel mir schwerer.

Zuerst fegte ich die Fetzen auf und unternahm einen tapferen Versuch, die Karte wieder zusammenzusetzen. Als ich gerade aufgab, wurde an der Tür geklingelt. Ich warf die Fetzen in den Mülleimer, damit der Drache mich nicht anpöbelte, weil ich unordentlich war. Durch das Guckloch sah ich das Gesicht der Nachbarin.

Ich machte auf und fragte: »Wollen Sie Ihr Ketchup holen?«

»Nein, ich muss dringend mit deinem Vater sprechen.«

»Er ist gebissen worden, von …«

»Keine Ausflüchte mehr, bitte. Ich muss endlich wissen, wie unsere Beziehung aussieht.«

Es passiert nicht sehr oft. Aber es gibt Augenblicke, in denen ich es schaffe, kein einziges Wort aus meinem Mund entweichen zu lassen. Papa hatte auch Cecilie angebaggert. Die an die Wände hämmerte und die übellaunige Nachbarin war. Die dringend eine Generalüberholung und eine fetzige Garderobe brauchte. Mit der Frau hatte Papa ein Verhältnis gehabt. Wieso hatte ich das nicht entdeckt? Sah ich nicht einmal mehr das, was sich genau vor meiner Nase abspielte?

»Habt ihr euch geküsst?«, fragte Ida, die plötzlich hinter

mir stand. Sie hatte die Hände in die Hüften gestemmt und machte ein mürrisches Gesicht.

»Ihr solltet es ja nicht auf diese Weise erfahren, aber ich muss jetzt wirklich mit ihm reden«, sagte sie.

»Küssen geht so, dass man sich gegenseitig die Zunge in den Mund steckt«, erklärte ich.

»Ich weiß durchaus, was ein Kuss ist. Klar haben wir uns geküsst. Euer Vater ist ein guter Küsser.«

Ich stellte mir Papas Mund am Morgen vor. Halb schnarchend, mit etwas Sabber im Mundwinkel und einem Atem aus den ältesten Mooren. Was war eigentlich ein guter Küsser? Einer, der viel leckte und heftige Geräusche machte? Einer, der die Zunge wie einen Propeller rotieren ließ? Vermutlich lag es am Schock, dass mein Gehirn von Küssen besessen war. Ich versuchte, mir vorzustellen, wie die Zunge sich aus den Lippen der Nachbarin hervorstahl, und merkte, dass ich nicht bereit war für solche Gedanken.

»Er ist verreist. Ich könnte Ihnen seine Postkarte zeigen, aber Håkon hat sie in Fetzen gerissen«, sagte Ida.

»Er ist auf Mallorca«, fügte ich hinzu. »Das liegt schon fast nicht mehr auf der Landkarte von Europa.«

Cecilie sah zuerst mich und dann Ida an. Sie sah ein, dass wir nicht logen.

»Wann kommt er nach Hause?«

»Diese Information ist gesperrt«, sagte ich.

Es war deutlich, dass Cecilie jetzt den wütenden Rotton annahm, der ihr so wenig stand.

»Dann könnt ihr ihm sagen, er soll sich zur Hölle scheren«, sagte sie und verschwand wieder in ihrer eigenen Wohnung.

Sie fragte nicht, wer sich um uns kümmerte. Das war ein schlechtes Zeichen. Was, wenn sie das Jugendamt anrief, sobald sie wieder bei Fassung war? Ich begriff nicht, was Papa an der Frau gefunden hatte. Ob er von ihr wohl auch Geld geliehen hatte? Ich holte das Ketchup aus der Küche und ging hinaus ins Treppenhaus.

»Jetzt begehst du eine Dummheit«, hörte ich Ida hinter mir sagen.

Ich klingelte bei Cecilie. Nichts passierte. Ich klingelte wieder, diesmal länger. Als niemand aufmachte, klingelte ich ein drittes Mal und presste den Finger auf den Klingelknopf, bis Cecilie die Tür aufriss.

»Was willst du?«, fauchte sie.

»Ich soll Ihnen das von Oma geben. Sie passt jetzt auf uns auf«, sagte ich und hielt ihr das Ketchup hin.

Sie riss mir die Flasche aus der Hand. »Sonst noch was?«

»Ich wollte nur erzählen, dass Papa noch mehr auf die Postkarte geschrieben hat. Er wollte nicht, dass Oma, das ist die, die auf uns aufpasst, das sieht, deshalb hab ich die Karte zerrissen. Da stand, dass wir Sie ganz besonders grüßen sollen. Es tut ihm schrecklich leid, dass er Sie verlassen musste. Sie waren wie die Sommerluft, die er eingeatmet hat, Sie waren warm wie das Meer auf Mallorca, Sie waren schön wie eine Blume … Sie waren …«

»Ja, sag schon«, bat sie erwartungsvoll.

Ich musste schnell denken.

»Sie sind schöner als ein Sonnenuntergang und stärker als die Sherpas auf dem Mount Everest, und äh, Sie … sie leuchten heller als … die Fliesen auf unserem Klo, Sie sind …«

»Du weißt nicht mehr so genau, was er geschrieben hat, scheint mir?«

»Ich hätte die Karte wohl nicht so schnell zerreißen dürfen.«

»Er liebt mich also noch immer?« Sie sah mich an und drückte die Ketchupflasche an ihre Brust. Ihre Lippen öffneten sich zu einem Lächeln und sie ließ die Luft aus ihrer Lunge strömen wie aus einem geplatzten Fahrradschlauch. »Danke, Håkon. Das freut mich wirklich.«

»War mir ein Vergnügen«, sagte ich und biss mir in die Unterlippe. »Hat Papa sich von Ihnen Geld geliehen?«

»Von mir? Nein, hatte er das vor?«, frage sie und runzelte besorgt die Stirn.

»Nicht doch, nicht doch. Er hat nur ziemlich wenig Geld zurückgelassen und Oma hat ihre Rente nicht bekommen und ...«

Ich ließ die Wörter in der Luft hängen. Cecilie starrte mich an.

»Klar doch«, sagte sie endlich. »Du kannst was von mir leihen.«

Sie ging in die Wohnung, holte ihre Handtasche und gab mir tausend Kronen.

»Vielen Dank. Papa bezahlt das zurück, sowie er wieder zu Hause ist.«

In unserer Wohnung kam Ida sofort auf mich zu und fragte, was ich gesagt hätte. Die Lügen nahmen Anlauf, sowie Ida fragte. Ich erzählte ihr alles.

»Du wirst in deinen Lügen noch ertrinken«, sagte sie, noch immer wütend, und trampelte in ihr Zimmer.

In meiner Tasche lagen neue tausend Kronen. Das war genau, was ich brauchte, um alles auf meiner Einkaufsliste zu kaufen. Mir blieb noch eine Stunde, bis um drei Uhr alle Verabredungen zusammenknallen würden. Normalerweise hätte ich Ida und den Drachen ihrem jeweiligen Zorn überlassen, aber ich durfte nicht riskieren, dass Ida noch wütender auf mich würde. Ich schlug zweimal mit dem Kopf gegen die Wand, aber dieses Gehirnbeben ließ auch keine neuen Ideen aus dem Boden schießen.

Für einen, der selten einkauft, dauert es, die Sachen im Laden zu finden. Ich hatte nicht gewusst, dass es eine eigene Abteilung für Tierfutter gab, und dass dort auch die Hundetüten lagen, oder dass sich die Schokoladensoße nicht bei den Süßigkeiten befand. Im Buchladen gab es einen schönen hellbraunen Filzstift, in der Parfümerie bekam ich helle Schminke, und im Blumengeschäft kaufte ich eine Tüte Blumenerde. Vor dem Laden begegnete mir Rolf, Papas Kumpel. Es war zu spät, um in Deckung zu gehen.

»Himmel, musst du noch immer die Einkäufe erledigen«, sagte er und nickte zu meinen Tüten hinüber.

»Ich trainiere für das Teenageralter. Danach werde ich erwachsen und kriege Kinder, die ich einkaufen schicken kann.«

»Guttorm hat Glück, dass er Kinder hat. Ich hätte auch gern Kinder gehabt, aber meine Frau hat mich ja verlassen. Und es ist nicht leicht, eine zu finden, mit der man Kinder haben kann.«

Ich hatte Rolf schon hundertmal über seine entlaufene Frau reden hören.

»Ich muss weiter«, sagte ich.

»Ich dachte, ich könnte heute Abend mal reinschauen. Hab von Guttorm nichts gehört, aber bestimmt hat er Bierdurst.«

Rolf schien wirklich nichts zu tun zu haben. Wenn er bei uns vorbeischaute, blieb er immer, bis Papa schlafen gehen wollte.

»Das geht heute nicht«, sagte ich. »Papa kriegt Damenbesuch. Ida und ich sollen früh ins Bett gehen.«

»Weißt du, ob die Dame Freundinnen hat?«, fragte er in scherzhaftem Tonfall.

Ich schüttelte den Kopf. Aus irgendeinem Grund mochte ich Rolf nicht anlügen.

»Wie macht Guttorm das bloß? Immer hat er neue Frauen. Er behauptet, das sei einfach, aber ich schaff es irgendwie nie.«

»Triffst du dich denn mit welchen?«

»Äh, ja, nein, doch, ich sollte vielleicht öfter unter Leute kommen und ...«

Rolf sah noch trauriger aus, als er das sagte. Das hatte ich ihn schon oft sagen hören. Sein Leben schien ein einziges langes Gejammer über alles zu sein, was schiefging. Warum konnte Papa Rolf nicht einfach zwei Frauen vermachen? Ich stellte die Tüten ab und schaute mich um.

»Siehst du die da hinten?«, fragte ich und zeigte auf eine Frau mit langen blonden Haaren, die sich den Blumenladen ansah. Rolf nickte. »Gefällt sie dir?«

»Ich kenne sie nicht ...«

»Aber hättest du Lust, sie kennenzulernen?«

»Natürlich. Sie sieht doch klasse aus.«

»Pass mal auf meine Tüten auf.«

Ich ging geradewegs auf die Frau zu. Das was jetzt kam, lag weit außerhalb meines Spezialgebietes.

»He, Håkon, was machst du denn?«, hörte ich Rolf hinter mir rufen.

Ich hatte wirklich keine Ahnung, was ich sagen sollte. Aber so schwer konnte das doch nicht sein? Papa hatte einmal gesagt, man müsse witzig und interessant sein. Als ich »Hallo«, sagte, schien die Frau zuerst zu glauben, ich hätte sie gar nicht gemeint.

»Hallo«, antwortete sie unsicher.

»Haben Sie einen Freund?«

Sie lächelte verwirrt.

»Du willst wissen, ob ich einen Freund habe?«

»Sie sind sicher zu alt für mich. Aber ich habe einen Bekannten, der Sie oft gesehen hat und sich nicht traut, Sie anzusprechen. Er denkt so viel an Sie, dass er nicht arbeiten und nachts nicht schlafen kann. Er scheint so ziemlich unsterblich verliebt zu sein.«

»In mich?«

Die Frau lächelte verwirrt.

»Er ist ein wirklich feiner Kerl«, sagte ich jetzt. »Bringt alte Damen über die Straße und hat acht Patenkinder in Afrika. Er leiht Leuten in Not Geld und küsst unglaublich gut. Das habe ich jedenfalls gehört, ich habe es nicht selbst getestet. Ich weiß nicht viel übers Küssen.«

Die Frau schien sich zu fragen, ob hier irgendwo eine Kamera versteckt war.

»Und wer ist dieser Mann?«

»Das ist der dahinten bei den Einkaufstüten«, sagte ich

und zeigte auf Rolf. »Er hat gesagt, ich soll diese Rosen für Sie kaufen.«

Ich schnappte mir einen Strauß und ging zur Kasse, um zu bezahlen.

»Das da sind Lilien«, sagte die Frau.

»Ach ja. Und was ist mit denen?«, fragte ich und zeigte auf andere Blumen.

»Tulpen. Die Rosen stehen dahinten. Aber ich weiß nicht, ob ich einfach so Blumen von einem Unbekannten annehmen kann.«

Ich nahm mir einen Strauß roter Rosen. Für eine Erwachsene war sie wirklich ziemlich hübsch.

»Sehen Sie mich genau an.«

»Wie meinst du das?«, fragte sie und lächelte wieder ihr verwirrtes Lächeln.

»Ich bin ein Kind. Meinen Sie, ein Kind würde Sie anlügen? Meinen Sie, er wäre ein total mieser Typ, wenn ich behaupte, dass er total in Ordnung ist?«

»Da hast du wohl nicht unrecht.«

»Wann hatten Sie zuletzt einen neuen Freund?«

Sie dachte kurz nach.

»Das ist wohl eine Weile her.«

»Und was haben Sie dann zu verlieren?«

Sie schaute zu Rolf hinüber, der in alle anderen Richtungen blickte, nur nicht zu uns. Er sah eigentlich ziemlich hilflos aus, mit den Plastiktüten, die von seiner einen Hand baumelten. Zugleich musste ich zugeben, dass er einen gewissen Erwachsenenstil hatte, in seiner kurzen Lederjacke, dem schwarzen Hemd und den ziemlich engen Jeans.

»Du hast ja recht«, sagte sie. »Man muss auch mal was riskieren. Nicht, dass ich gerade einen Freund suche, aber man weiß ja nie.«

»Genau. Man weiß nie«, wiederholte ich.

Ich bezahlte die Rosen und ging mit ihr zu Rolf, der einen Schritt zurücktrat, als er merkte, dass wir auf ihn zukamen. Es stellte sich heraus, dass die Frau Guri hieß. Rolf konnte sich glücklicherweise an seinen Namen erinnern und schüttelte ihr lange die Hand. Ich nahm die Tüten und schlug vor: »Ihr solltet vielleicht ins Café gehen.«

»Ja, Café ... das wäre ... Café, ja ...«, stotterte Rolf.

»Das wäre nett«, sagte Guri.

»Äh, ja, meinst du ... möchtest du ... ja, Café?«

»Das möchte sie«, sagte ich. »Und ihr braucht nicht über deine acht Patenkinder zu reden.«

Ich hielt es für sinnvoll, ihn darüber zu informieren, was ich ihr erzählt hatte. Aber er schien das nicht zu begreifen.

»Meine acht ... ja ... ich weiß nicht ...«

»Esst ein Eis. Das wirkt meistens«, sagte ich und ging los.

Als ich mich umdrehte, waren sie auf dem Weg ins Einkaufszentrum. Sie trug die Rosen in der einen Hand und Rolf erzählte ihr gerade etwas. Ich hoffte, dass es nicht die Geschichte seiner durchgebrannten Frau war.

Einige ungeheuer schwierige Entscheidungen

Ich legte die Einkaufstüten unter mein Bett, ganz hinten zu den Wollmäusen. Zum Glück kam der Drache schon deutlich vor drei Uhr und schleppte eine Reisetasche und zwei Tüten.

»Hast du als Sherpa auf dem Mount Everest gearbeitet, als du jünger warst, Oma?«

»Hilf mir jetzt lieber.«

»Ich hätte nicht gedacht, dass Sherpas so viel schwitzen.«

»Håkon!«

Ich half ihr in die Wohnung und schloss hinter ihr die Tür. Aus den Plastiktüten lugten Packungen mit Kerzen und Goldservietten.

»Ich bin zu alt für so was«, seufzte Oma und wischte sich den Schweiß ab.

»Du siehst nicht so alt aus, dafür, dass du so alt bist«, sagte ich tröstend.

»Versuch es ja nicht mit Schmeicheleien.«

»Das meine ich ernst. Manche alten Menschen sehen im Gesicht aus wie Rosinen, aber du bist eher wie eine Dattel. Ida und ich sind ja wie Trauben, aber du bist immerhin so alt, dass du noch weißt, wie es war, als es keine Autos gab.«

»Also wirklich, Håkon.«

Der Drache regte sich jetzt auf, aber es reichte noch nicht. Ich wusste, dass ihr Alter ein wunder Punkt war.

»Du hast doch erzählt, dass ihr Felle getragen und mit Speeren gejagt habt.«

»Glaubst du, ich habe in der Steinzeit gelebt?«

»Ich meine, du hast mir doch Bilder gezeigt. Ihr hattet gerade ein kleines Schwein geschlachtet und du trugst das Fell eines räudigen Bären.«

»Håkon! Jetzt reicht's!«

»Wie runzlig sind eigentlich dein Bauch und deine Oberschenkel und so? Sehen die aus wie alte Lederschuhe oder eher wie Würste, die zwei Tage auf dem Müll gelegen haben?«

»Jetzt will ich deine Frechheiten nicht mehr hören. Geh raus und komm erst zurück, wenn du dich eines Besseren besonnen hast.«

Ich machte, dass ich wegkam, ehe sie sich die Sache anders überlegen konnte. Außerdem gingen mir so langsam die Frechheiten aus. Hoffentlich würde sie sich bei meiner Rückkehr beruhigt haben. Wenn ich Glück hätte, würde Ida begreifen, dass der Drache mich vor die Tür gesetzt hatte, und sie nicht wütend sein, weil ich ihr die ganze Arbeit überlassen hatte. Es war zehn vor drei und im Spurt schaffte ich es gerade so zur Eisdiele. Liv war weder drinnen noch draußen, deshalb lehnte ich mich an einen Laternenpfahl, wie Leute, die im Film auf etwas warten. Ich erkannte sie sofort am weichen Gang, auch als sie noch ganz weit weg war. Als sie näher kam, grüßte ich mit der einen Hand, aber sie winkte nicht zurück.

»Spitze, das mit Bürste«, hörte ich eine Jungenstimme sagen.

Ich hatte nicht gemerkt, dass Fredrik und Ahmed aus meiner Klasse hinter mir standen.

»Oh, h-hallo«, stammelte ich.

Liv war nur noch einige Meter entfernt.

»Der liegt jetzt sicher zu Hause und flennt«, sagte Fredrik.

»Ich wollte doch gar nicht …«

»Ich hoffe, der bleibt lange weg. Vertretung ist viel lustiger«, meinte Ahmed.

»Ja, lustig«, sagte ich und nickte.

Liv ging an mir vorbei und weiter die Straße entlang.

»War das nicht diese Hübsche aus der B?«, fragte Fredrik und schaute Liv hinterher.

»Keine Ahnung«, sagte ich. »Aber vielleicht muss ich jetzt gehen … vielleicht.«

Sollte ich Liv folgen? In die Eisdiele gehen? In die Gegenrichtung gehen und dann zurückkommen? Ich blieb stehen und das taten auch Fredrik und Ahmed. Ich konnte mich einfach nicht entscheiden und Fredrik und Ahmed schienen so bald nicht gehen zu wollen. Was lief denn hier ab? Wollten sie noch mehr sagen?

»Äh, also«, sagte Fredrik vorsichtig. »Wir wollten eigentlich fragen, ob du bei mir zu Hause mit uns Playstation spielen willst?«

Ich sah ihn an, als ob ich darauf wartete, dass er jetzt losprustete und sagte, das sei nur Jux gewesen. Aber sie lachten nicht, sie sahen mich nur an und warteten auf Antwort. Hatte ich richtig gehört? Hatte er wirklich gefragt, ob ich mit ihnen Playstation spielen wollte? Ich schaute Liv hinterher, warf einen Blick in die Eisdiele und sah dann wieder Fredrik und Ahmed an. Vermutlich wirkte ich total hirntot. Es war eine einfache Frage. Ich hatte nur nicht damit gerechnet, sie jemals zu hören.

»Äh«, begann ich.

Äh war keine Antwort. Das war Zögern und hörte sich so an, als ob ich keine Lust hätte, mit zwei Jungs aus meiner Klasse Playstation zu spielen. Kein Junge hatte mich je nach der Schule gefragt, ob ich bei irgendwas mitmachen wollte. Und Liv war einfach so an mir vorbeigegangen, weil niemand wissen sollte, dass wir uns kannten.

»Klingt super«, sagte ich deshalb begeistert.

»Dann los. Wir gehen zu mir«, sagte Fredrik zufrieden.

Und damit waren wir auf dem Weg zu Fredrik. Als wir die Straße erreicht hatten, sah ich mich um und hielt nach Liv Ausschau, konnte sie aber nirgends entdecken.

Fredrik wohnte in einem Block, der ebenso viereckig und trist war wie meiner. Sein Zimmer war mit Fußballplakaten tapeziert. Sicher war ich der einzige Junge in der Klasse, der noch nie Playstation gespielt hatte. Das war etwas, aus dem ich mich nicht herausreden könnte. Ich war total verloren, als mir die Fernbedienung in die Hände gedrückt wurde. Zuerst wollten Fredrik und Ahmed mir nicht glauben, dass ich das einfach nicht konnte, aber bald verpassten sie mir einen Schnellkurs. Es war ganz schön schwer und zugleich total witzig.

»Das ist vielleicht ein bisschen wie der erste Kuss«, rutschte es mir heraus und ich wünschte sofort, mein Mund hätte mit Reden gewartet, bis das Gehirn gedacht hatte.

»Hast du ...«, fing Ahmed an.

»Nein, nein, mit dem Küssen warte ich, bis ich Bart und

Mundgeruch kriege. Ich dachte nur an etwas, das schwierig und auch schön ist. Aber küssen ist sicher nichts gegen Playstation.«

Was war nur mit mir los? Ich dachte Mund und Zunge, während ich mich doch darauf konzentrieren sollte, riesige Männer mit Waffen aus dem Mittelalter zu besiegen.

Da am nächsten Tag Samstag war, wollten Fredrik und Ahmed lange spielen. Am liebsten hätten sie rund um die Uhr weitergemacht. Ich hatte eigentlich Pläne für den Abend, wusste aber nicht so recht, wann ich gehen konnte, ohne alles zu ruinieren. Außerdem bekam ich jetzt das Spiel in den Griff und ich kam mir ein bisschen vor wie ein Naturtalent. Fredriks Mutter brachte uns Käsebrote und Cola, und ich vergaß bald alle Gründe, aus denen ich dringend nach Hause musste.

In dieser ganzen Zeit redeten wir über alles Mögliche. So, wie ich mir das bei Kumpels immer vorgestellt hatte. Sprachen über Lehrer, Fußball und Fernsehsendungen. Ich brachte die beiden zum Lachen. Nicht, weil ich idiotische Sachen sagte, sondern, weil mein Gehirn jetzt dachte, ehe die witzigen Sachen aus meinem Mund kamen.

Als Ahmed um neun gehen musste, schloss ich mich an. Ich wollte vorschlagen, dass wir uns wieder treffen könnten, Fußball spielen, noch mehr spielen, egal was. Aber ich wusste, dass diese Frage nicht von mir kommen durfte. Als ich allein nach Hause ging, zweifelte ich daran, dass mir so eine Verabredung noch einmal passieren würde. Vielleicht müsste ich Bürste vollends in den Wahnsinn treiben, ehe ich wieder eingeladen würde. Aber im Moment kam es mir unirdisch schön vor, dass ich einen ganzen Abend mit zwei Jungen aus meiner Klasse Playstation gespielt hatte. Zugleich fragte ich mich aber auch, was Liv sich jetzt so dachte.

Der Drache war schon gegangen, als ich nach Hause kam und Ida sah genauso sauer aus wie vorher. Ich bat vier Mal um Entschuldigung, aber das half nicht sehr viel.

»Ich hab es satt, wegen Papa zu lügen«, sagte Ida und zeigte auf die schön gedeckten Tische. »Und morgen gibt es hier das Fest. Der Drache will unbedingt, dass Papa dann hier ist. Sie wird alles durchschauen. Oma ist ja nicht blöd.«

»Morgen gibt es kein Fest«, sagte ich selbstsicher. »Soll ich dir erzählen, warum nicht?«

»Ich will gar nicht wissen, was für einen kranken Plan du dir aus den Fingern gesogen hast. Ich will, dass Papa nach Hause kommt. Jetzt.«

Ich sah es kommen. Zuerst blinzelte sie hektisch, dann schaute sie weg und ihre Mundwinkel zuckten ein wenig. Was machte man mit weinenden kleinen Schwestern? Den Rücken streicheln und zweimal sagen *Das geht sicher gut, mein Engelchen*? Einen Witz reißen, der sie zum Lachen brachte. Das meiste war sicher klüger, als das, was ich dann tat.

»Sollen wir ein paar Süßigkeiten essen?«, fragte ich.

»Du Trottel!«

»Du kannst bei mir schlafen.«

»Ich schlafe bei mir.«

Sie ging in ihr Zimmer. Ich wollte hinterherlaufen. Das stimmt wirklich. Nur tat ich es eben nicht. Meine Füße waren wieder Wackersteine, schwerer als zuvor. Mein Körper ließ sich von meinem Gehirn nicht lenken. Es gibt viele Entschuldigungen. Aber keine war sonderlich gut.

Am Ende setzte ich mich auf das Sofa und zeichnete Papa.

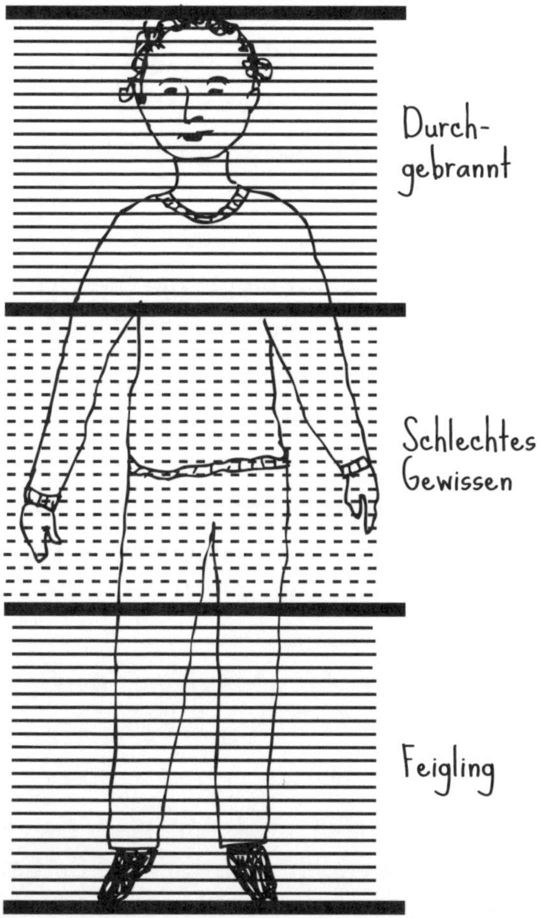

Ich ging in mein Zimmer und fing an, mich auf den nächsten Tag vorzubereiten. Der Drache würde ganz bestimmt früh kommen, also musste das Meiste jetzt fertig gemacht werden. Einen Rohstoff gab es allerdings, den ich am frühen Morgen besorgen musste, bevor der Drache auftauchte. Deshalb trank ich ein Glas Wasser nach dem anderen. Ich verließ mich nicht darauf, dass der Wecker mich so früh aus dem Bett jagen könnte, aber eine volle Blase garantierte frühes Aufwachen.

In einer Hundekottüte mischte ich Erde, Wasser, Sirup und Maiskörner zu einer wunderbaren Portion Diarrhöe. In einer anderen mischte ich Mehl, Lebensmittelfarbe, Wasser und noch mehr Mais zu einer Portion Kotze. Und schon hatte ich zwei Tüten mit überaus ansteckender Magengrippe fertig. Die Schokoladensoße war meine Reserve. Ich spritzte mir zum Probieren ein wenig Schokolade in den Mund und bald hatte ich die halbe Flasche getestet.

Als ich die Tüten sah, verspürte ich einen Stich voll schlechten Gewissens im Magen. War es nicht möglich, dass auch alte Leute sich wie verrückt auf ihren Geburtstag freuten?

Es war ein genau überlegter Plan und ich war sicher, dass er klappen würde. Trotzdem schwelte diese neue Unruhe weiter in mir.

Es gab nur eine, mit der ich darüber reden könnte. Ich klopfte an Idas Tür.

»Komm rein«, sagte sie leise.

Sie lag auf dem Bett, las und hatte noch immer diesen gekrümmten Mundwinkel. Ich blieb vor dem Bett stehen.

»Wenn du willst, können wir dem Drachen alles sagen«, sagte ich. »Es ist nicht so leicht wie ich geglaubt habe, allein zu Hause zu sein.«

»Du hast den Strom zurückgeholt.«

»Vielleicht sollten wir den Drachen einfach das Fest feiern lassen.«

Ida sagte nichts. Ich hatte das Gefühl, dass der Boden vor

dem Bett vermint war. »Ich musste die ganze Wohnung putzen«, sagte sie leise. »Staubwischen. Das Klo saubermachen. Die Betten neu beziehen. Tischdecken bügeln. Mach, was du willst.«

»Es tut mir leid, dass ich nicht hier war.«

»Ihr hättet euch sowieso die ganze Zeit gestritten. Da ist es besser, dass ich ihr geholfen habe. Ich hab es nicht mal mehr geschafft, den Staubsauger wegzuräumen.«

»Das kann ich machen. Es ist dir also recht, wenn ich das Fest verhindere?«

»Ich hab es satt, allein zu Hause zu sein, aber wenn Oma auf uns aufpasst, wird alles nur noch schlimmer.«

Ich zögerte ein wenig, ehe ich zum Bett ging und sie umarmte. Sie presste mir die Arme um den Nacken. Ich glaube nicht, dass sie weinte, aber sicher weiß ich es nicht, jedenfalls ließ sie mich erst nach langer Zeit los.

»Was macht dein Finger?«, fragte sie danach.

»Der ist noch nicht abgefallen.«

»Das ist gut.«

Als ich kurze Zeit später im Bett lag, fiel es mir schwer, den Tag zu benoten. Auf eine seltsame Weise war er gut gewesen.

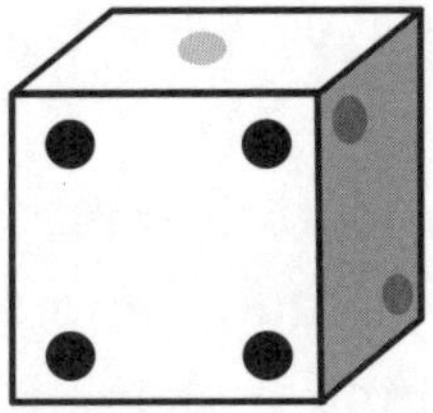

Mehr Punkte konnte ich ihm nicht geben. Eigentlich weiß

ich nicht, warum nicht. Aber perfekt war er nicht gewesen. Wahrscheinlich gibt es keine perfekten Tage.

Es dauerte lange, bis ich einschlafen konnte. Ich warf mich hin und her und wickelte mir die Decke um die Beine. Außerdem musste ich pissen.

Als ich wieder aufwachte, war ich sicher, dass meine Blase gleich platzen würde. Ich rannte ins Badezimmer, zog meine Schlafanzughose herunter und spritzte die Kloschüssel voll. Es war halb sieben. Ich zog mich an und ging mit den Hundekottüten in der Hosentasche nach draußen.

Hundebesitzer sind ja oft früh unterwegs. Ich glaube jedenfalls, dass jemand das einmal gesagt hatte. Aber als ich nach draußen kam, war kein Mensch zu sehen, und ein Hund schon gar nicht. Ich setzte mich auf die Mauer neben dem Fußweg und starrte in beide Richtungen. Endlich kamen zwei Männer, die früh zur Arbeit mussten, aber keiner zog einen Hund hinter sich her. Ich ging in Richtung Spielplatz weiter, als ich eine Frau mit einem schwarzen Pudel entdeckte. Sofort zog ich die Hundekottüten aus der Tasche und lief zu ihr.

»Hallo«, sagte ich. »Haben Sie schon von dem neuen Hundeservice hier in der Nachbarschaft gehört?«

Die Frau schaute mich verwirrt hat. Vielleicht war das zu unerwartet gewesen. »Nein ...«

»Viele vergessen, Hundetüten mitzunehmen. Deshalb sind solche wie ich unterwegs und sammeln ein, was die Hunde hinterlassen. Sonst könnten kleine Kinder das doch in den Mund nehmen. Und Hundekacke schmeckt ja nicht gerade nach Schokolade.«

»Ich habe meine eigenen Tüten dabei«, sagte sie und zog einige schwarze Tüten aus der Tasche.

»Aber würden Sie sich das nicht gern ersparen? Ich bin sicher, dass Ihr Hund die Achtung vor Ihnen verliert, wenn er sieht, was Sie da machen. Ich würde es jedenfalls unglaublich widerlich finden, wenn irgendwer meine Kacke aufsammelte, wenn ich auf dem Klo fertig bin. Hat Ihr Hund übrigens schon ... seine Visitenkarte hinterlassen?«

»Nein, er muss nicht jedes Mal.«

»Wir können ja erst mal abwarten. Darf ich mit Ihnen gehen? Wie heißt der Hund?«

»Roffen.«

»Hat Roffen oft Magenprobleme?«

»Eigentlich nicht.«

Die Frau war nicht gerade gesprächig, deshalb erfand ich eine Geschichte über meinen Hund, der an einem Toaster geschnüffelt hatte und dessen Fell danach wochenlang elektrisch geladen gewesen war. Sie nickte gleichgültig und da lieferte ich noch eine Geschichte darüber, wie der Hund einen Leuchtstab verschluckt und einen selbstleuchtenden Bauch bekommen hatte. Als Roffen endlich eine dunkelbraune Wurst ins Gras presste, hob ich sie mit der Hundetüte auf.

»Ich tauche auf, wenn Sie am wenigsten damit rechnen«, rief ich der Frau hinterher und winkte mit der Tüte, ehe ich nach Hause rannte.

Der Drache war noch nicht aufgetaucht, als ich die Tür aufschloss. Ich ging sofort in mein Zimmer und ließ Teile der Hundekacke in die Tüte mit Erde und Sirup rutschen. Danach schminkte ich mir das Gesicht weiß. Mit dem braunen

Filzstift zeichnete ich einen kräftigen Streifen in die weiße Unterhose. Danach setzte ich mich auf den Klodeckel und ließ die Zeit dahinkriechen. Ich öffnete die Durchfallmischung und der Gestank schnitt mir in die Nase. Ich zerbrach die Chilischote und rieb mit dem Zeigefinger an den Samen herum. Danach berührte ich vorsichtig den unteren Teil meines rechten Auges damit. Ich hatte das Gefühl, in den Augapfel gebissen zu werden. Sofort strömten mir die Tränen über das Gesicht. Alles war geregelt. Der Drache konnte jederzeit zur Tür hereinkommen.

Während ich noch wartete, ließ ich meine Gedanken treiben. In den letzten Tagen hatte ich nicht sehr viel Zeit für ruhige, nachdenkliche Augenblicke gehabt. Am liebsten hätte ich mir etwas Schönes vorgestellt, einen Tag im Vergnügungspark mit Papa und Ida, oder einen Besuch im Kino oder im technischen Museum. Aber nichts da, mein Kopf wollte an den Drachen denken. An meine Großmutter, die bald ihren Geburtstag feiern wollte und feststellen würde, dass man in einer Wohnung voller Darmviren nicht so leicht ein Fest abhalten kann. Einen Jungen mit schwerer Magengrippe darf man zudem nicht vor die Tür setzen.

Es war wirklich ein ganz schön starker Plan.

Trotzdem kam mir noch immer irgendetwas falsch vor.

Sogar Hexen hatten ein Geburtstagsfest verdient. Und wenn Oma je herausfand, dass der Superdurchfall eine Fälschung gewesen war, würde sie mich für den Rest ihres Lebens ganz bestimmt hassen.

Ich hatte viel Zeit damit zugebracht, alles zu besorgen. Hatte fast alles Geld ausgegeben. Ich saß mit einer stinkenden

Hundetüte auf dem Klo. Mein eines Auge war geschwollen. Ich hatte einen breiten braunen Streifen in der Hose. Meine Haut war bleicher als weiß. Die Kotzemischung lag in meinem Zimmer. Ich brauchte sie nur über dem Bett auszugießen. Die Schokoladensoße ließ sich zu heißer Durchfallreserve aufkochen.

Auf dem Gang hörte ich jetzt, wie der Drache die Tür aufschloss. Sie stellte etwas auf den Boden, zog die Tür hinter sich zu und atmete schwer. Würde ich Papa noch einen Tag oder zwei weglügen können? Was, wenn ich stattdessen verlangte, dass sie aufhören sollte, Ida und mich herumzukommandieren? Ihr klarmachte, dass ich kein kleiner Rotzbengel mehr war?

Schwer zu sagen, wie viele Geburtstage sie in ihrem Alter noch vor sich hatte. Mein Gewissen versteckte sich zwar manchmal sehr gut, aber ich hatte eben doch eines. Vielleicht wollte der Drache auch nicht immer Drache sein?

Ich verließ das Badezimmer. In der Hand hatte ich die Tüte mit der Durchfallmischung. Die musste ich sofort wegwerfen. Ich hatte einen Entschluss gefällt. Der Drache sollte seinen Geburtstag haben. Ich war zu weit gegangen.

»Wie gut, dass du schon wach bist«, sagte der Drache zuckersüß. »Bin ich nicht fein?« Sie strich über ihr weißes Kleid, in dem sie gar nicht aussah wie sie selbst.

»Herzlichen Glückwunsch zum Geburtstag«, sagte ich.

»Danke, danke. Jetzt zieh dich an. Wir müssen mit dem Kochen anfangen.«

Ich lief eilig zum Mülleimer, bevor der Drache fragte, was ich in der Hand hatte. Meine Forderungen würde ich später stellen. Aber als ich in die Küche rennen wollte, stand da der Staubsauger. Den Ida nicht mehr weggeräumt hatte. Um den ich mich hatte kümmern wollen. Und ich stolperte über den Staubsaugerschlauch. Ich verlor das Gleichgewicht und musste mich mit beiden Händen abstützen. Das Pech dabei war, dass ich die Durchfallmischung loslassen musste. Ich sah nicht, wie sie durch die Luft schwebte. Ich hatte mehr als genug damit zu tun, Knochenbrüche zu vermeiden. Aber ich hörte, was passierte.

Zuerst gab es ein gewaltiges »Splosch«. Es hörte sich an, als würde ein Wasserballon sein Ziel treffen. Dann folgte ein Schrei, der Gläser vibrieren, Nachbarn aufwachen und Gehörgänge brennen ließ.

Ich lag auf dem Boden. Unverletzt. Ich hätte gern für den Rest des Tages den Boden angestarrt. Die Angst vor dem Anblick, der sich mir bieten würde, wenn ich den Blick hob, fühlte sich in meinem Magen wie Zement an.

»Håkon!«, fauchte der Drache.

Ich schaute hoch. Wenn ich gezielt und Superglück gehabt hätte, hätte ich nicht besser treffen können. Sie war im Gesicht braun wie ein Bär und das einstmals weiße Kleid war gefleckt wie ein Dalmatiner. Mitten in dem verdreckten Gesicht klaffte ein offener Mund. Tausend Entschuldigungen waren keine Hilfe und es gab keine Erklärung auf der ganzen Welt, die die kommende Katastrophe würde verhindern können.

»Äh …« Das war das Einzige, was aus meinem Mund kam. Ein blödes kurzes »Äh«, das nichts helfen konnte. Natürlich waren die Wörter noch nicht erfunden, die den Drachen glauben machen würden, dass ich die Tüte in den Müll hatte schmeißen wollen. Aber ich hatte mich doch anders entschieden. Und auf jeden Fall sollte Großmutter nicht damit gedüngt werden, bis sie aussah wie ein Schlammringer. Ich hatte auch nicht mehr den Kranken spielen wollen. Meine Großmutter sollte ihren Geburtstag feiern dürfen.

»Äh …«

Ich sagte es noch einmal. Als ob ich eine sehr abgehackte und schlichte Sprache sprechen würde. Ein kleines Stöhnen, das tausend Bedeutungen hatte. Mein neues Lieblingswort: äh.

Der Drache kam auf mich zu und ich machte mich bereit für Ohrfeigen und Beschimpfungen. Aber sie ging nur an mir vorbei ins Badezimmer. Ich hörte das Wasser laufen. Ida stand in ihrer Zimmertür.

»War das dein Plan?«, fragte sie.

»Ehrlich gesagt nicht«, antwortete ich, machte aber keinen Versuch ihr zu erklären, wie mein Plan wirklich ausgesehen hatte.

Ich stand auf und wusch mir in der Küche die Hände. Auf dem Boden und an den weißen Wänden klebten kleine Kleckse aus Durchfallmischung. Aus dem Badezimmer hörte ich etwas, das wie Schluchzen klang. Ich hatte Oma noch nie weinen hören, ich war nicht einmal sicher gewesen, ob sie überhaupt Tränenkanäle hatte. Ida erwähnte, dass es sicher klug gewesen wäre, abends den Staubsauger wegzuräumen. Doch ich stellte mich taub, schaffte den Staubsauger weg und fing an, mit einem Lappen die Flecken auf dem Boden und an den Wänden wegzuwischen. Als Oma aus dem Badezimmer kam, waren die Flecken zu einer ungleichmäßigen braunen Farbe an der weißen Wand geworden. Omas Miene zeigte deutlich, woher sie den Spitznamen Drache hatte. Sie sah so aus, als könnte sie jeden Moment anfangen, Feuer zu speien.

»Äh …«, begann ich. Sie wartete darauf, dass ich mehr von mir gab als ein Geräusch, das eigentlich gar kein Wort war. »Ja, also«, fing ich an. »Doch, es tut mir schrecklich leid. Ich will doch, dass du deinen Geburtstag feierst. Ich werde alles tun, was du willst, damit es ein schöner Geburtstag wird.«

Ihre Augenbrauen lagen wie Dachrinnen über ihrem Blick. Der Drache hatte mich noch nie geschlagen. Jetzt aber befürchtete ich einen wohlgezielten Tritt auf die Stelle, wo meine Beine sich begegneten. Sie kam ein paar Schritte auf mich zu. Ich wich bis zum Tisch zurück und spielte mit dem Gedanken, mich darunter fallenzulassen. Der Drache kam ganz dicht an mich heran, doch es folgten weder Schläge noch ein Tritt in die Eier. Sie legte einfach die Arme um mich und drückte mich an sich. Der nasse stinkende Stoff ihres Kleides quälte meine Nase.

Ich kapierte rein gar nichts mehr. Hatte die Frau den Verstand verloren?

»Äh, ich … was ist denn los?«

Sie ließ mich los und zeigte auf einen Stuhl. Ich setzte mich ganz schnell, um nicht noch mehr umarmt zu werden, während Ida weiterhin in ihrer Zimmertür stand und genauso verwirrt aussah wie ich.

»Ja, ich bin böse auf dich, Håkon. Sehr böse. Aber ich sehe ja auch, dass du versuchst, mir etwas zu sagen.«

»Wie meinst du das?«

»Meine Tochter. Also deine Mutter. Sie hat eine entsetzliche Dummheit begangen. Sie hat euch verlassen. Ich kann nicht die ganze Zeit hier sein und auf euch aufpassen. Und euer Vater. Na, der könnte bessere Arbeit leisten, wenn du mich fragst. Ich habe gesehen, wie du hier zu Hause die Verantwortung übernimmst, Håkon. Du wirst jetzt zum Mann.«

Ida und ich wechselten unsichere Blicke. Wir trauten beide unseren Ohren nicht.

»Ich bin eine ziemlich strenge Großmutter. Das weiß ich. Aber irgendwer muss euch schließlich ein wenig an den Ohren packen. Ich habe diese Aufgabe übernommen. Was du heute getan hast, Håkon, war einfach schrecklich. Aber ich kann es auch verstehen.«

»Echt?«, fragte ich und hätte gern gewusst, ob das hier wirklich meine Großmutter war.

Sie lächelte mich steif an, als ob sie jeden Moment zugeben könnte, dass sie nur log.

»Ich hätte vielleicht anders reagiert als du, aber ich kann verstehen, dass du findest, ich hätte euch meinen Geburtstag aufgedrängt. Euer Vater ist ja die ganze Zeit mit seinen Damen unterwegs und ich brauchte eure Hilfe. Und nicht ihr solltet eine solche Verantwortung auf euch nehmen müssen, sondern euer Vater. Der hätte hier sein und mir helfen müssen.«

»Der kommt sicher bald«, warf ich ein.

»Das kann sein. Aber darum geht es jetzt nicht. Meine Wohnung ist wirklich zu klein für alle Mittelmeermädels. Ich war sehr froh, hier feiern zu können. Aber ich sehe ein, dass ich euch nur herumkommandiert und nicht auf eure Wünsche oder Bedürfnisse geachtet habe. Ich begreife wirklich, dass es wirken muss, als ob ich mich aufgedrängt hätte.«

»Wenn du willst, kannst du jedes Wochenende hier feiern«, sagte ich energisch. »Mir ist das recht.«

Ida kam näher. »Wirst du jetzt mehr wie eine … normale Oma?«, fragte sie unsicher.

»Ich werde meine Persönlichkeit nicht total ändern. Denn ich meine wirklich, dass jemand in eurem Leben klare Grenzen ziehen muss. Euch Pflichten und Aufgaben auferlegen, etwas davon tun, was euer Vater nicht schafft. Auch wenn das bedeutet, dass ich manchmal ein bisschen streng sein muss.«

Sie redete weiter, ziemlich lange, als ob sie nicht immer die strenge Großmutter sein wollte. Aber sie glaubte, wir würden ihr dankbar sein, wenn wir erst älter wären. Ich war mir da nicht sicher, begriff aber plötzlich besser, wer unsere Großmutter eigentlich war. Eigentlich war sie eine Art Ritter, der sich als Drache verkleidet hatte. Sie machte eine Arbeit, die sonst niemand tun wollte. Weder unsere Mutter noch unser Vater jedenfalls. Sie war eine Großmutter, die ihren Titel ernst nahm – sie war eine Große Mutter.

Wir saßen am Esstisch und hörten sie darüber reden, dass Großeltern ihre Enkelkinder eigentlich verwöhnen und ihnen alles erlauben sollten, was sie zu Hause nicht dürfen. Sie aber musste die alte Dame mit dem erhobenen Zeigefinger und der strengen Stimme spielen.

Ich hätte sie gern umarmt, aber das stinkende Kleid hielt mich davon ab. Wenn es einen richtigen Augenblick gab, um ihr zu erzählen, dass Papa verreist war, dann war der sicher jetzt. Aber weder Ida noch ich sagten etwas. Vielleicht standen wir unter Schock? Oder wir wollten ihr nicht noch mehr Probleme machen.

Wir redeten immer weiter, wie wir mit Oma noch nie gesprochen hatten. Als ob sie eine nette alte Dame wäre, der wir im

Einkaufszentrum begegnet waren. Abgesehen davon, dass sie nicht gut roch, war das auf eine seltsame und neue Weise schön.

»Oh, mir ist ein bisschen schwindlig«, sagte sie nach einer Weile und griff sich an den Kopf

»Aber du willst deinen Geburtstag feiern, oder?«, fragte ich.

»Ja, das möchte ich gern«, sagte sie und nickte.

Zugleich blinzelte sie heftig und runzelte die Stirn. Sie legte sich eine Hand auf den Bauch.

»Möchtest du einen Schluck Wasser?«, fragte ich.

Sie nickte und ich füllte ein großes Glas. Sie trank, stellte das Glas aber plötzlich hin und musterte uns besorgt.

»Fühlst du dich nicht ganz wohl, Oma?«, fragte Ida.

Oma sprang auf, lief ins Badezimmer und knallte mit der Tür. Dann hörten wir Geräusche, die wir unmöglich missverstehen konnten. Sie stöhnte und würgte, erbrach sich und spuckte.

»Was war denn in der Tüte?«, fragte Ida.

»Alles Mögliche.«

»Zum Beispiel?«, fragte sie streng.

»Essen und noch andere Sachen.«

»Was für andere Sachen?«

»Nicht sehr viel, aber vielleicht so was, das aus Hunden rauskommt.«

»Hundekacke?«

»Sag das nicht so laut«, sagte ich und machte mit den Händen dämpfende Bewegungen. Wir hörten, wie der Inhalt von Omas Magen ins Klo platschte.

»Du Blödmann! Sie muss etwas davon verschluckt haben.«

»Das kann aber nicht sehr gesund sein«, sagte ich kleinlaut.

An diesem Samstag gab es keine Geburtstagsfeier. Der Drache wurde immer kränker und ich murmelte etwas davon, dass in der Schule gerade eine extrem ansteckende Magengrippe umging. Ida trat mir so hart gegen das Schienbein, dass ich es schon für gebrochen hielt. Nachdem Oma sich noch zweimal übergeben hatte, ging sie nach Hause. Ich musste alle Gäste anrufen und absagen. Und musste dabei noch nicht einmal lügen. Trotzdem krampfte sich mein Magen jedes Mal ein bisschen zusammen, wenn ich jemandem am anderen Ende erzählte, dass meine Oma zu krank sei, um ihren Geburtstag zu feiern. Ich erzählte zwar niemanden davon, aber die Ursache dieser Krankheit kannte ich ja nur zu gut. Ich versprach allen, dass sie später ein noch größeres und schöneres Fest veranstalten würde, und deutete an, dass sie vielleicht Zauberkünstler und männliche Stripper anheuern wollte. Danach malte ich Omas Inneres auf, um sie besser zu verstehen.

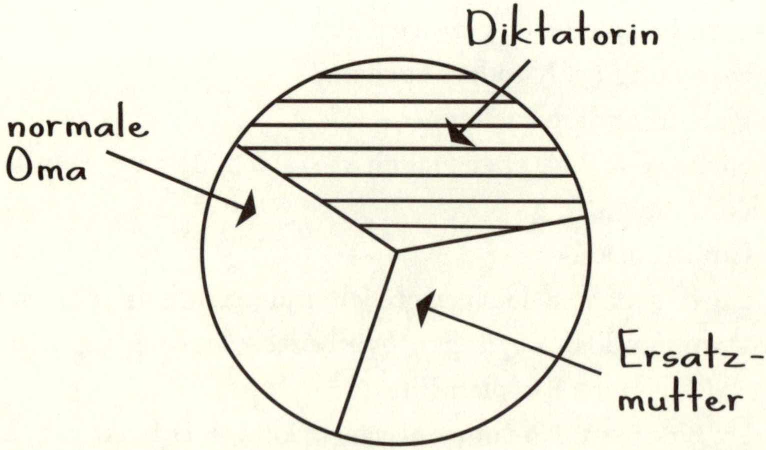

Dennoch wurde sie dadurch nicht ganz. Ich hatte immer noch nicht das Gefühl, alle Seiten des Drachen kennengelernt zu haben. Fast hatte ich schon ein schlechtes Gewissen, weil ich sie Drache nannte.

Der ganze Samstag war wie ein mieser Montagmorgen. Das Telefon klingelte und Isabell fragte, wie es uns denn ginge. Ida antwortete, »so mittelmäßig, oder vielleicht doch noch etwas schlechter«. Danach ging sie zu irgendwelchen Freundinnen und ich saß in der Wohnung und glotzte vor mich hin. Am liebsten wäre ich zu Fredrik gegangen, um Playstation zu spielen, aber ich wusste nicht, ob ich so etwas jetzt tun dürfte. Deshalb verbrachte ich die Zeit damit, aufzuschreiben, woraus meiner Meinung nach eine Freundschaft bestand. Das ist gar nicht so leicht, wenn man das noch nie gemacht hat.

Playstation spielen
In den Pausen zusammen sein
Handynummern austauschen
SMS schicken
Eltern kennenlernen
Sich gegenseitig besuchen,
wenn man Lust dazu hat

Ich hatte nicht einmal ein Handy, Papa konnte sich das nicht leisten. Die Liste endete im Müll. Ich hatte keine Ahnung, wie man eine Freundschaft auf die Beine stellt. Ida schaffte es, auch wenn keine ihrer Freundinnen uns besuchte. Allein mit jemandem reden zu können, wäre jetzt ziemlich fantastisch gewesen. Keine tiefen Gespräche, nur ein wenig Planschen an der Oberfläche.

Ich stand mitten im Zimmer und ließ meine Gedanken umherflattern. Niemand kam herein, während ich hier die Salzsäule spielte. *Initiative ist etwas, das kommt und geht*, sagte Papa immer. Jetzt dachte ich wieder an ihn.

Was war mit Liv? Wie sollte ich zu einer neuen Verabredung mit ihr kommen? Auch hier stand ich auf dem Schlauch, in einem öden Gelände weit außerhalb aller Landkarten.

Irgendwann stellte ich die Musik viel zu laut und tanzte wild durch das Zimmer. Es war so ein Krach, dass ich das Hämmern gegen die Wand fast nicht hörte. Wenn ich nur kräftig genug mit dem Kopf wackelte, würden alle Probleme herausfallen, eins nach dem anderen. Und so hüpfte ich in meiner eigenen Luftblase durch das Zimmer. Ich brüllte die Refrains, ich war Jay-Z, ich spielte vor Tausenden von Fans. Danach stand ich schweißnass und atemlos mitten im Zimmer. Ganz allein. Harte Fäuste hämmerten gegen die Wand. Niemand wollte eine Zugabe.

Ich zog die Schuhe an, ging hinaus und stieß auf eine Riesenüberraschung.

Der erste Lippentanz

Sie lungerte zufällig vor dem Block herum. Das sagte sie jedenfalls.

»Was für ein Zufall«, sagte ich.

So was sagen alte Leute, weil ihnen nichts Interessanteres mehr einfällt. Ich stand vor ihr und wusste nicht, ob ich genervt, froh oder besorgt sein sollte. Und ob ich unser misslungenes Treffen vom Vortag überhaupt erwähnen sollte?

Eigentlich hatte ich gehofft, Fredrik und Ahmed zu treffen, aber jetzt stand Liv da und vermutlich hätte ich mehr an sie denken sollen als an all das andere, womit ich mir seit gestern den Kopf gefüllt hatte: die neuen Kumpels, den Drachen, die Nachbarin und Ida.

»Was läuft denn so?«, fragte sie.

Wenn man verliebt ist, müsste das Herz schneller pumpen als ein Presslufthammer. Der Kopf sollte kochen und die Lippen sollten Lust haben, sich an ihren Lippen zu reiben. Jedenfalls hatte ich das geglaubt, nach dem, was Papa und Isabell erzählt hatten. Immerhin wäre ich nicht am liebsten weggelaufen. Und das war doch schon mal ein guter Anfang. Was antwortete man eigentlich auf »Was läuft denn so?«

»Nicht viel.«

»Pläne?«

»Keine.«

»Lust, was zu unternehmen?«

Ich nickte und hätte gern gefragt, was passieren würde, wenn wir Leuten aus der Schule begegneten. Müssten wir dann wieder so tun, als ob wir uns nicht kannten? Aber das war keine coole Frage. Und ich wollte nicht wie der unsichere Junge wirken, der ich war.

»Lust auf ein Eis?«, fragte sie.

»Immer Lust auf ein Eis.«

Wir gingen wortlos nebeneinander her zur Eisdiele. Es gab hundert Dinge, mit denen ich ein Gespräch hätte anfangen können, aber ich wusste zu wenig darüber, worüber tolle Mädchen gern sprachen. Schule? Spiele? Schminke?

»Das Karamelleis da ist unglaublich gut«, sagte sie.

»Saugut«, sagte ich.

Wieder Stille. Der Wind riss an ihren Haaren. Die Sonne stand hoch am Himmel. Über das Wetter redete man jedenfalls nicht.

»Deine Haare sind ... lang«, sagte ich.

»Findest du, ich sollte sie schneiden lassen?«

»Das habe ich nicht gemeint. Ich dachte nur, dass du lange Haare hast, und das bringt mehr Möglichkeiten als kurze. Und mit kurzen würdest du aussehen wie ein Junge.«

»Wie ein Junge?«

Sie starrte mich an. »Ein ganz toller Junge. Einer, der ... wie ein Mädchen aussieht. Ein hübsches Mädchen.«

Jetzt war es gesagt, auf unglaublich bescheuerte Weise. Aber sie lächelte. Lächeln ist gut. Doch dann wurde sie ernst und ich glaubte schon, sie hielte mich für einen total hoffnungslosen Fall.

»Das mit gestern tut mir leid«, sagte sie leise.

»Was denn?«, fragte ich und tat so, als ob ich nicht begriff, was sie meinte.

»Dass ich so getan habe, als ob ich dich nicht kenne.« Sie starrte zu Boden.

»Ach, das.«

Bedeutete das, dass sie von nun an zugeben würde, dass sie mich kannte? Oder tat es ihr nur leid, dass es eben so war? Als weiter vorn auf dem Weg ein Junge aus der Schule auftauchte, wusste ich, dass ich genau jetzt feststellen konnte, was sie meinte. Aber ich musste ein Risiko eingehen, das alles für alle Zukunft ruinieren könnte.

Wir hatten ihn beide entdeckt. Ich sah sie neugierig an, aber sie schien nicht weglaufen zu wollen. Der Junge ging in eine Klasse über uns und war sehr hoch oben auf der Skala der coolen Typen. Vorsichtig legte ich meine Finger in Livs Hand und wartete darauf, dass sie ihre Hand wegreißen würde. Oder mich sogar bitten würde, einige Schritte hinter ihr zu gehen. Aber das tat sie nicht. Ich ging Hand in Hand mit einem Mädchen, das nicht meine Schwester war. Mein Herz hämmerte wie ein Dieselmotor und meine Wangen glühten. Der Junge kam Schritt für Schritt näher.

Wie weit konnte ich gehen? War das die Möglichkeit, all meine Fragen beantworten zu lassen? So war mein Leben doch geworden. Ich riskierte immer wieder ziemlich viel und setzte alles auf eine Karte, als wäre ich plötzlich zu einem kalten professionellen Spieler geworden. Keine Herausforderung war mir zu klein. Außerdem hatte ich fast meine Großmutter umgebracht. Mein wilder Tanz zu Jay-Z, den ich in meinem Zimmer imitiert hatte, ließ annehmen, dass ich verdammt weit aus der Spur geraten war. Doch, es war so ein Tag.

Ich blieb stehen. Da ich ihre Hand hielt, musste sie auch stehen bleiben. Jetzt galt es, die richtigen Worte zu finden.

»Deine Lippen sind wie … Gummibärchen«, sagte ich vorsichtig und beugte mich mit geschlossenen Augen ein wenig zu ihr vor. Aber ich hörte, dass das total falsch ankam.

»Was machst du denn da?«, fragte sie und wich zurück.

Tatsache war, dass ich zu wenig Filme über die Liebe und das Knutschen gesehen hatte. Hier regierte die Fantasie, doch an so eine Herausforderung war ich nicht gewöhnt.

»Ich möchte die sanfte Wärme deiner Lippen spüren«, sagte ich mit weicher Stimme.

»Ich weiß nicht …«

Das lief richtig schlecht. Aber ich konnte mich nicht auf halber Strecke geschlagen geben.

»Ich möchte … deinen Liebesbrunnen kosten.«

»Håkan, was soll das eigentlich?«

Was waren bloß die magischen Worte, die man zu Mädchen sagte? Ich hatte einfach keine Ahnung.

»Ja, also, ich möchte nur … wenn du willst … und so was magst … ich, ich möchte nur versuchen … wenn das möglich ist … ein bisschen mit dir zu knutschen«, erklärte ich.

»Ach so, ja, dann sag das doch.«

Sie trat den Schritt auf mich zu. Ich schloss die Augen. Dann küssten wir uns. Oder knutschten. Ich kannte den Unterschied nicht. Jedenfalls pressten wir die Lippen aufeinander. Niemand schob die Zunge hervor oder machte irgendwelche komischen Bewegungen, die alles hätten ruinieren können. Wir standen auf dem Gehweg und rieben vorsichtig die Lippen aneinander, als der Junge aus der Klasse über uns an uns vorbeiging. Es war vermutlich ein magischer Augenblick. Vielleicht so ein Augenblick, an den ich mich für den Rest meines Lebens erinnern würde. Ich weiß es nicht, die Zukunft liegt im Dunkeln. Aber es war mein erster Kuss. Auf einem Gehweg. Mit einem Mädchen, das ich gern mochte.

Liv. Ich hatte das Gefühl, ihren Namen zu kosten. Liv.

Unsere Lippen tanzten miteinander. Sie hatte Lipgloss aufgetragen, das nach Erdbeeren roch. Ich hätte noch lange so stehen bleiben können, aber wir hörten so plötzlich auf, wie wir angefangen hatten. Zuerst atmete ich aus, dann saugte ich den Erdbeerduft von meinen Lippen ein. Ich war atemlos vom Küssen. Sie hatte wirklich das schönste Lächeln der Welt. Das ist nicht gelogen.

»Jetzt gehen wir Eis essen« schlug ich vor.

»Klingt super.«

Es war ein total wahnwitziger Tag. Zuerst hatte ich meine Oma vergiftet, dann meinen ersten Kuss bekommen. Ob dieser Tag wohl noch weitere Überraschungen auf Lager hatte?

Sie lächelte, wir gingen Hand in Hand, die Sonne schien. Der Tag hatte als Einser angefangen. Jetzt war er plötzlich zum Sechser geworden. Wir aßen beide eine riesige Portion Eis und redeten über alles Mögliche und noch ein wenig mehr. Sie wischte mir mit dem Finger Eis aus dem Mundwinkel und leckte den Finger dann ab. Das war eklig und schön zugleich.

»Aber ich glaube, ich bin noch nicht so bald reif zum Heiraten«, erklärte ich.

Sie lächelte und sagte: »Du bist komisch.«

Komisch ist gut. Komisch ist fantastisch. Komische Knaben kriegen Küsse!

Wir würden noch nicht so bald heiraten. Aber wir waren auf einer Wellenlänge. Dann küsste sie mich. Nur eine leichte Berührung mit den Lippen. Ich verlor die Lust auf mein restliches Eis und hatte nur noch Lust auf ihre Lippen.

Das konnte nicht so bleiben. Und das tat es auch nicht. Denn gleich darauf kam ein Junge zur Tür herein, der einen ganzen Kopf größer war als ich.

»Hier bist du also, Liv«, sagte er streng. »Ich hab dich überall gesucht. Warum hast du dein Handy nicht bei dir?«

»Das hab ich vergessen.«

»Wir gehen jetzt.«

»Na gut«, sagte sie und dann zu mir: »Ich muss jetzt gehen.«

Was hatte das zu bedeuten? Hatte sie zwei Freunde? Oder hatte ich schon wieder alles missverstanden? Sie war gar nicht meine Freundin und ich war nur einer, mit dem sie Knutschen übte? Wenn ich größer gewesen wäre, stärker und eine tiefere Stimme gehabt hätte, hätte ich den Typen mit Verwünschungen vertrieben und ihn vielleicht sogar zusammengefaltet.

Sie rutschte von dem hohen Hocker und stand vor mir. Ich wollte sie wegschieben. Sie legte ihren Mund dicht an mein Ohr, ich spürte ihre Lippen an meinem Ohrläppchen, die Lippen voller Erdbeerduft, und dann sagte sie: »Mein Bruder ist ein Trottel. Ich muss dich einfach bald wiedersehen.«

Das war ihr idiotischer großer Bruder! Wenn ich genauer hingeschaut hätte, hätte ich vielleicht die Ähnlichkeit entdeckt. Sie musste mich bald wiedersehen. Ich nickte, als ob ich Federn im Nacken hätte.

Als sie gegangen war, zeichnete ich meine Gefühle auf eine Serviette.

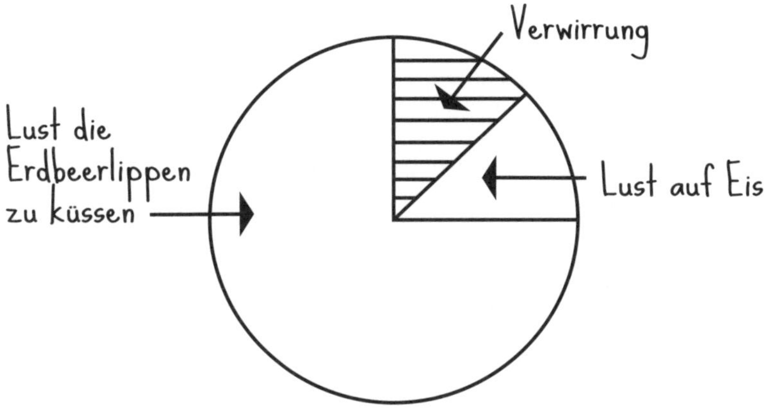

Danach lief ich auf rosa Wolken. Eigentlich lief ich über grauen Asphalt, aber wenn man gerade seinen ersten Kuss bekommen hat, scheint es normal zu sein, dass man sich leichter fühlt. Papa hat einmal erklärt, dass Verliebtheit einen Stoff freisetzt, der wie eine Art natürliches Rauschgift durch den Körper schäumt. Ich wusste nicht, wie die rosa Farbe da ins Bild kam, aber es war jedenfalls sehr leicht, sich mit dem Körper voll von diesem natürlichen Rauschgift zu bewegen.

Ich hätte gern etwas Wildes gemacht, mir fiel aber nichts ein, das wahnwitzig genug gewesen wäre. Mir begegnete auch niemand, dem ich die Geschichte des Kusses hätte erzählen können. Und wenn ich mir das genauer überlegte, war ich mir nicht sicher, ob Fredrik oder Ahmed finden würden, Knutschen sei ein Grund zum Protzen. Aber genau wusste ich das nicht.

Es stellte sich dann heraus, dass dieser Samstag einwandfrei noch andere Überraschungen auf Lager hatte. Als wir nach Hause kamen, standen zwei Typen in Overalls vor unserer Tür. Ich hätte vorbeigehen und so tun können, als ob ich anderswo wohnte. Aber ich wurde ja von diesem natürlichen Rauschgift durchschäumt.

»Suchen Sie jemanden?«, fragte ich.

»Wir wollten das Sofa holen«, sagte der Ältere, ein Typ mit Schnurrbart und Schirmmütze, der in Papieren auf einem Klemmblock blätterte. »Ein gewisser Guttorm Grimstad hat die Raten nicht bezahlt. Ist das dein Vater?«

Ihr dürft mir diesen Samstag nicht ruinieren, dachte ich, sagte aber nichts, sondern nickte nur.

»Wir kommen immer samstags, denn da sind die Leute zu Hause. Ist dein Vater in der Nähe?«

»Er ist auf Mallorca.«

Der Mann musterte mich skeptisch, ehe er wieder in seine Papiere schaute.

»Hast du den Wohnungsschlüssel?«, fragte er.

Ich musste die beiden ablenken.

»Können Sie ein Geheimnis bewahren?«, fragte ich, statt zu antworten.

»Wie meinst du das?«

»Wir sind Lottomillionäre geworden«, flüsterte ich. »Aber die Nachbarn sollen das nicht erfahren. Es gibt so viel Neid.«

»Aber dann hättet ihr doch die Raten für das Sofa bezahlen können«, sagte er und starrte mich an.

»Aber überlegen Sie doch mal. Man kauft Autos und Champagner und Juwelen, da kann man doch ein paar kleine Raten für ein kleines Sofa leicht vergessen. Außerdem wollen Sie dieses alte Sofa gar nicht, meine Schwester hat nackt darauf gesessen.«

»Tut mir leid, wir haben keine Wahl.«

»Wir kaufen es jetzt.«

»Ist dein Vater nicht auf Mallorca?«

»Ja, das ist das Problem. Wir verreisen dauernd, jetzt, wo wir so viel Geld haben. Vorige Woche sind wir mit dem Hubschrauber zur Hardangervidda geflogen, um Zwerghaie zu angeln. Es kann übrigens sein, dass das Sofa noch nach Fisch riecht.«

Die Notlüge kam nicht an. Seine Gesichtszüge senkten sich abwärts.

»Hat dein Vater gesagt, du sollst lügen? Solche Geschichten habe ich schon häufiger gehört. Schließt du jetzt bitte auf?«

Mir waren die Ideen ausgegangen. Nicht einmal die fadenscheinigste Ausrede ließ sich sehen.

»Ich habe heute zum ersten Mal geküsst. Bitte, machen Sie mir den Tag nicht kaputt«, sagte ich leise.

Er runzelte die Stirn.

»Das ist neu, Junge. Das hab ich noch nie gehört. Aber ehrlich, schließ jetzt endlich auf.«

Ich schob den Schlüssel ins Schloss und überließ ihnen das Sofa. Mir fiel auch nichts mehr ein, was ich ihnen hinterherrufen könnte.

Sogar mit den gedeckten Tischen wirkte das Wohnzimmer ohne Sofa leer. Die Wollmäuse, die sich darunter versteckt hatten, verteilten sich jetzt wie winzige Wolken auf dem Boden.

Ich wusste, dass Papa noch andere Rechnungen nicht bezahlt hatte, und es würde keine große Detektivarbeit nötig sein, um festzustellen, dass Festanschluss und Internet jeden Moment abgedreht werden könnten und dass wir mit der Miete für einige Monate im Rückstand lagen. Papa redete nicht viel über das Geld, das wir niemals hatten, aber er seufzte oft und sagte, es sei teuer, dauernd Frauen zum Essen und zu Drinks einladen zu müssen.

Liv und ich hatten immer abwechselnd für das Eis bezahlt. Vielleicht wusste Papa nicht viel über Gleichberechtigung? Gab es überhaupt etwas, das Papa richtig gut machte oder wusste? Mir fiel jedenfalls nichts ein. Ein halbguter Papa, der sich nach Mallorca abgesetzt hatte, war nicht viel wert. Solche Eltern sollte man zurückgeben können. »Der hier funktioniert nicht, geben Sie mir einen neuen.«

Was war eigentlich ein perfekter Papa? Ich setzte eine Liste auf.

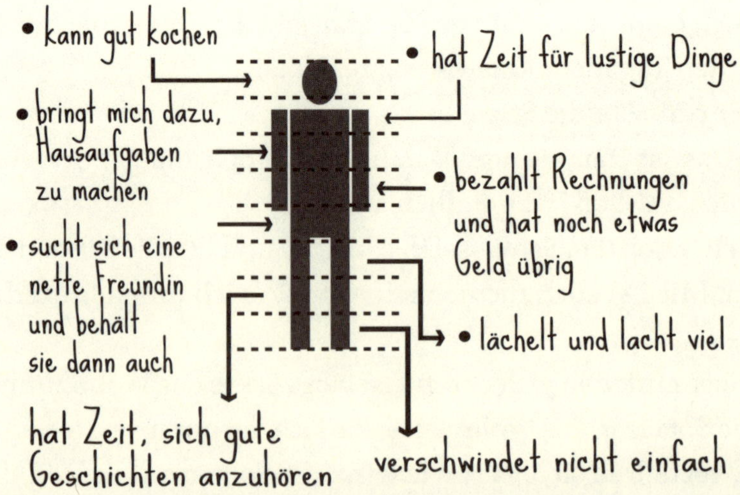

Das Telefon klingelte.

»Hallo, hier ist noch mal Isabell.«

Ich hätte gern aufgelegt.

»Papa ist noch nicht wieder da.«

»Aber wie geht es euch denn eigentlich? Ich hab mir solche Sorgen gemacht, als ich heute Morgen mit Ida gesprochen habe. Ist alles in Ordnung?«

»Wir sitzen jedenfalls nicht auf dem Sofa und lassen die Köpfe hängen.«

»Ich dachte, es könnte euch guttun, etwas Lustiges zu unternehmen.«

Sie hatte einen nervig positiven Tonfall, wie manche ihn haben, wenn sie mit ganz kleinen Kindern reden.

»Was denn zum Beispiel?«, fragte ich und hörte selbst, wie skeptisch meine Stimme sich anhörte.

»Badet ihr gern?«

Ida und ich hatten nicht geduscht oder gebadet, seit Papa verschwunden war. Was meinte sie eigentlich?

»Wir haben so eine Haut, die kein Wasser verträgt«, sagte ich und wollte auflegen.

»Ach ... ich wollte fragen, ob ihr mit ins Tøyenbad kommen mögt, aber ...«

»Warte mal«, fiel ich ihr ins Wort. »Willst du wissen, ob wir ... ich meine, nein, vergiss es ... du meinst doch nicht ...«

»Ich gehe jeden Sonntag mit einem Jungen mit Down-Syndrom ins Schwimmbad. Aber morgen ist er verreist und da dachte ich, euch beiden könnte das vielleicht auch guttun.«

»Aber ich habe kein Down-Syndrom. Vielleicht hat Ida das ein bisschen, morgens ist sie immer ziemlich seltsam ...«

»Håkon, beantworte einfach diese Frage: Habt ihr Lust, morgen mit mir ins Tøyenbad zu gehen?«

Mein Gehirn arbeitete in Zeitlupe. Schrauben waren herausgefallen. Der Stecker der Festplatte war aus der Steckdose gerutscht. Ich brachte die Antwort nicht heraus. Obwohl es kaum ein einfacheres Wort gibt.

»Håkon, bist du noch da?«

Es war ernst gemeint, Isabell wollte mit uns ins Tøyenbad gehen.

»Ich ... ja, ja, ich sage ja.«

»Wie schön. Ich kann euch um zwölf Uhr abholen. Okay?«

»Ja ... ja.«

Sie legte auf, ich aber blieb mit dem Telefon in der Hand stehen. Isabell wünschte sich wirklich zwei gebrauchte Kinder. Sie wollte zwei ein wenig abgenutzte Kinder, die schrecklich gern badeten. Wenn Erwachsene so etwas sagen, dann wusste ich, dass sie es meistens nicht meinten. Isabell war anders, und gerade jetzt brauchten Ida und ich eine, die anders war.

Ida kam nach Hause und drehte eine Pirouette, als ich ihr von dem Schwimmbadbesuch mit Isabell erzählte.

»Ich wünschte, Papa wäre mit ihr zusammen«, sagte sie.

Zuerst hatte Papa Isabell betrogen, dann ging sie mit seinen Kindern ins Schwimmbad. Papa hatte schon recht, wenn er sagte, Frauen seien nicht so leicht zu verstehen. Ich holte meine Badehose, die ich in diesem Sommer viel zu selten benutzt hatte. In der einen Woche, in der wir Rolfs Hütte hatten bewohnen dürfen, hatte es die ganze Zeit geregnet. Und für den Rest des Sommers hatten wir Ferien zu Hause gemacht.

Ida wollte wissen, was aus dem Sofa geworden war, und ich sagte, das habe zu viel Platz weggenommen. Das Telefon klingelte und ich ließ Ida abnehmen. Mich konnte nichts mehr überraschen. Wenn der König an der Strippe gewesen wäre, hätte ich vermutlich nur mit den Schultern gezuckt. Wenn der Ministerpräsident hätte wissen wollen, wie Norwegens Väter bessere Arbeit leisten könnten, ich hätte eine halbe Stunde lang geredet.

Aber das, was Ida jetzt in den Hörer sagte, hatte ich wirklich nicht erwartet.

»Hallo, Papa.«

Ihr Gesicht war verzerrt. Die Augen blank. Die Hand, die den Hörer hielt, zitterte ein wenig. Ich gestikulierte, ohne zu wissen, was ich zu sagen vorhatte. Wollte ich denn wirklich mit ihm reden?

»Weißt du was?«, fragte Ida und wartete ein wenig. »Du kannst gleich dableiben. Wir brauchen dich nicht.«

Dann legte sie auf.

Fünf Pizzen, drei Mietwagen und einmal Haareschneiden

Es ist schwer, weinende kleine Schwestern zum Reden zu bringen. Als ich sie zum vierten Mal bat zu erzählen, was Papa gesagt hatte, fing sie unter Schluchzen endlich an zu reden. Sie heulte wirklich Rotz und Wasser.

Er hat gesagt … ›Entschuldigung‹.«

»Kommt er nach Hause?«

»Ich habe aufgelegt.«

»Du hattest ihn an der Strippe, und eine Entschuldigung war alles, was bei diesem Gespräch rausgekommen ist?«

»Er hat gefragt, ob bei uns alles in Ordnung ist.«

Hätte ich es anders gemacht als Ida? Ja, ich hätte ihn sicher ausgiebig zusammengestaucht, ehe ich den Hörer auf die Gabel geknallt hätte. Trotzdem war es mir unmöglich, böse auf sie zu sein.

»Übrigens, er hat noch etwas gesagt. Wenn wir ihn erreichen wollen, dann wohnt er im Hotel Miramar«, sagte Ida.

»Hat er dir die Nummer gesagt?«

Sie schüttelte den Kopf. Ich ging zum Computer und googelte das Miramar auf Mallorca. Ein Vier-Sterne-Hotel mit Telefonnummer und Mailadresse tauchte auf. Würde ich es über mich bringen, mit ihm zu reden? Sollte ich ihn anpöbeln und ihm sagen, er sollte zusehen, dass er nach Hause kam?

Noch nicht. Ich hatte andere Pläne. Mit Hilfe von Google Street View guckte ich mir an, wo das Hotel lag. Unter anderem gab es dort eine Pizzeria mit Bringdienst. Zuerst rief ich im Hotel an und fragte nach Papas Zimmernummer. Dann rief ich die Pizzeria an und bestellte für Papas Zimmer fünf große Pizzen mit Oliven und Krabben. Papa konnte sich nie so recht entscheiden, was er mehr verabscheute, Oliven oder Krabben.

Für einen winzig kleinen Moment fand ich das ja mies von mir. Aber gleich darauf sprach ich am Telefon mit einem Friseur, der für 200 Euro gerne bereit war, Papa auf seinem Zimmer die Haare zu schneiden. Dann mietete ich bei drei lokalen Autofirmen je einen Geländewagen und ließ alle zum Hotel bringen.

»Warum redest du Englisch am Telefon?«, fragte Ida.

Ich drehte mich zu ihr um.

»Ich bin keiner, der andere anbrüllt und ausschimpft. Ich räche mich auf andere Weise. Papa wird heute auf Mallorca viel zu tun haben.«

»Er wird begreifen, dass du dahintersteckst.«

»Na und?«

Dann musste ich noch einen Anruf tätigen. Ich rief im Hotel an und fragte, ob es möglich sei, für denselben Abend das Restaurant für ein Fest zu mieten. Guttorm Grimstad von Zimmer 303 wurde vierzig und das Fest sollte eine Überraschung sein. Ich war bereit, den doppelten Preis zu bezahlen. Als sie sich nach meinem Namen erkundigten, sagte ich

Sugor Schädel, ein alter und sehr reicher Freund aus Transsylvanien, und gab eine erfundene Telefonnummer an. Ich bat sie, Guttorm früh zu holen, damit er im Restaurant sitzen könnte, wenn die vielen Gäste eintrafen.

Danach lagen Ida und ich auf dem Boden im Wohnzimmer und sahen fern. Ich schob eine Tiefkühlpizza in den Backofen und wir aßen sie bei einer Fernsehserie über ein Mädchen, das heimlich ein Popstar war und immer neue Perücken trug. Ida wollte den Drachen anrufen und fragen, wie es ihr ging, aber als sie den Hörer abnahm, war das Freizeichen verschwunden. Ich schaute auf Papas Handy nach. Das war ebenfalls tot.

»Ich kann versuchen, am Montag die Rechnung zu bezahlen«, sagte ich.

»Wir kommen auch erst mal ohne Telefon aus.«

Als wir schlafen gingen, fing ich an zu lachen. Ida wollte wissen, warum.

»Ich stelle mir das Chaos bei Papa vor. Wie er ruft ›igitt, nein, ich hab keine fünf Pizzen mit Oliven und Krabben bestellt. Hallo, nein, ich kann doch nicht drei Mietwagen fahren. Warum muss ich allein im Restaurant sitzen? Ich kenne keinen Sugor Schädel aus Transsylvanien. Nein, nein, ich will mir nicht die Haare schneiden lassen. Ich rasiere mir doch den Kopf!‹«

Ich konnte Papas verzweifelte Stimme ziemlich gut nachahmen. Doch Ida lachte nicht. Sie sagte nur Gute Nacht und verschwand in ihrem Zimmer. Ich würfelte den Tag aus.

Der Tag war saugut und zugleich reichlich mies gewesen. So was kann einen wirklich verwirrt und komisch machen. Es war der historische Kusstag, aber es war auch der Tag, an dem ich meine Großmutter vergiftet hatte. Ich war gemein zu Papa gewesen, obwohl ich wusste, dass er alles bereute. Es war schön, zwischen den Wollmäusen auf dem Boden zu liegen und Pizza zu essen, während wir uns mit goldfarbenen Servietten den Mund abwischten und eine mittelmäßige Komödie im Fernsehen sahen. Der Tag war eindeutig besser als elend und doch schlechter als fantastisch. Ich war nicht ganz zufrieden mit dem Wurf, änderte ihn aber nicht. In alle Zukunft würde dieser ungewöhnliche Samstag als Vierer dastehen.

Ich schlief so plötzlich ein, als ob jemand einen Schalter bei mir umgelegt hätte. Mitten in der Nacht wurde ich wach und begriff zuerst nicht, was mich geweckt hatte. Ich blieb liegen und schaute zur Decke hoch. Es musste ein Geräusch gewesen sein. Dann hörte ich etwas am Fenster. Es klang, als ob jemand Steine gegen die Scheibe warf.

Wir wohnten im zweiten Stock. Ich zog den Vorhang weg und richtig, unten auf der Straße stand eine Gestalt und warf Kieselsteine. Erst als ich das Fenster aufmachte, konnte ich ihr Gesicht erkennen.

»Ihr anderen könnt wieder schlafen gehen. Ich habe ihn gefunden«, sagte Liv.

Ich sah, dass unter mir und bei Cecilie jemand am Fenster stand.

»Nächstes Mal kannst du klingeln«, fauchte Cecilie.

»Was machst du hier?«, flüsterte ich, so laut, dass meine Stimme heiser und scharf klang.

»Ich hab mich rausgeschlichen. Komm du auch!«

Ich wusste wie gesagt nur wenig darüber, eine Freundin zu haben. Aber dass dazu auch nächtliche Ausflüge gehörten, war doch eine Überraschung. Außerdem musste ich eine wichtige Frage stellen.

Ich zog mich an und schlich so leise ich konnte aus der Wohnung. Die Uhr in der Küche zeigte zwei. Liv saß im Gras und warf Kieselsteine auf einen Sandkasten. Ich wollte auf sie zugehen und mich an ihrem Mund festsaugen. Als ich aber dort stand, kam es mir richtiger vor, sie nur kurz zu umarmen.

»Was passiert jetzt?«, fragte sie. »Deine Leute sind nicht aufgewacht?«

»Papa? Nein, Tote sind leichter zu wecken als er. Was machen wir also?«

»Die wichtigen Sachen passieren nachts.«

»Spitze.«

Ich wartete darauf, dass sie mir erzählte, was nachts passierte, während wir schweigend weitergingen.

»He, ihr da«, sagte eine erwachsene Stimme hinter uns.

Gundersen kam auf uns zu. Er betrachtete sich als Oberhausmeister und Hobbypolizist im Wohnblock. Ein sympathischer, aber strenger Mann mit kurzen grauen Haaren, bekannt dafür, dass er ziemlich wenig schlief.

»Dürft ihr denn so spät noch unterwegs sein?«, fragte er. »Und bist du nicht … der Sohn von dem aus dem zweiten?«

»Doch …«, begann ich und suchte nach einer Erklärung, die ihn dazu bringen würde zu verschwinden.

»Wir suchen meine Katze«, sagte Liv mit trauriger Stimme. »Die wurde von einem Auto angefahren und wir glauben, dass sie sich versteckt hat, weil sie verletzt ist. Wenn sie nicht bald zum Tierarzt kommt, stirbt sie vielleicht.« Jetzt schluchzte sie richtig.

Sie log besser als ich. Fast glaubte ich auch schon, dass wir nach der verletzten Mieze suchten.

»Ach, so ist das also? Na, dann viel Glück.«

»Kitty, Kitty!«, rief Liv.

»Kitty«, rief auch ich. »Bitte, komm doch, Kitty.«

»Ich kann nicht ohne dich leben, Kitty!«

»Ich bring dich um, wenn du jetzt nicht kommst, Kitty.«

»Wenn du jetzt nicht kommst, heißt du von jetzt ab Pappnase!«

»Ich liebe dich, Pappnase!«

Zum Glück war Gundersen wieder ins Haus gegangen. Denn inzwischen gackerten wir wie die Betrunkenen. Wir liefen über den Gehweg und ließen uns atemlos auf eine Bank fallen. Es war schön, die kühle Nachtluft einzuatmen. Jetzt war alles möglich. Die Dunkelheit umschloss uns wie ein Schild. Ich hielt Livs Hand, wir schwiegen beide. Ganz vorn auf meiner Zunge zitterte eine Frage. Eine Frage, die alles ruinieren – oder das hier zu einer Sechsernacht machen würde.

»Du, Liv«, fing ich an.

»Mhmm.«

»Kann ich dich fragen ... na ja, egal was?«

»Die Antwort auf deine Frage ist ja.«

»Äh, meinst du ...«

Sie drehte sich zu mir hin.

»Ja, Håkon, wir sind jetzt zusammen. Wolltest du das nicht fragen?«

Sie hatte meine Gedanken gelesen. Ich beugte mich vor und wir küssten uns kurz. Die Hitze schien von meinen Lippen durch meinen Körper zu wandern. Liv stand auf.

»Du hast doch sicher einen Vorschlag, wie wir diese Nacht interessant machen können?«

Meine Freundin hatte mich etwas gefragt. Ich brauchte eine Weile, um zu begreifen, dass sie Vorschläge für diese Nacht verlangte. Ich hätte bis zum Morgen ruhig hier auf der Bank sitzen können, aber jetzt wollte sie Action. Klar könnte ich einen Vorschlag machen. Ich war immerhin ein komischer Junge mit Freundin.

»Wir könnten ... irgendwo klingeln und abhauen?«, schlug ich vor und bereute sofort, das gesagt zu haben.

»Das ist doch ein bisschen kindisch.«

»Stimmt, das ist es.«

Natürlich hätte ich gern ein wahnsinniges Projekt vorgeschlagen, so durchdacht, so krass, so witzig, dass sie stolz und von ihrem Freund beeindruckt wäre. Der Wahnsinn versteckt sich aber ganz weit hinten, wenn man seine Liebste einfach nur in den Arm nehmen will. Immerhin das wusste ich jetzt: Der Wahnsinn sitzt immer irgendwo da hinten.

Man muss nur suchen. Denn ganz hinten, zwischen allerlei anderen Gedanken und alten, unbrauchbaren Ideen, fand ich die Rektorin. Die sich für Papa interessierte, seit der Penner vom Imbiss sie angerufen hatte. Die mir arge Probleme bereiten könnte. Was, wenn ich Liv beeindrucken und zugleich der Rektorin alle romantischen Vorstellungen von Papa austreiben könnte?

Es war so eine Nacht. Ich war bereit für die ganz großen Projekte.

»Die Rektorin wohnt gleich hier um die Ecke«, sagte ich. »Ich finde schon lange, dass sie einen richtigen Schock gebrauchen könnte.«

Wieder lächelte Liv. Ihre Zähne sahen aus wie kleine Lampen. »Meinst du? Das wäre sauspitzentoll.«

Man braucht wirklich nur eine winzig kleine geniale Idee und schon ist nichts mehr unmöglich. Eine magische Sekunde, in der die Gedanken überraschende und fantastische Funken sprühen.

Okay, ich will ehrlich sein. Es ist schwer zu sagen, ob diese Idee wirklich genial war. Als sie in meinem Kopf auftauchte, aus den finstersten Winkeln, sah sie aus wie eine Glühbirne mit sechzig Watt. Als wir uns dem Haus der Rektorin näherten, schienen nur noch fünfundzwanzig Watt zu flimmern. Aber die Glühbirne erlosch nie. Nicht einmal, als wir vor dem dunklen Haus standen, verlor ich die Zuversicht. Außerdem war Liv unglaublich begeistert, als ich sie in meinen Plan einweihte. Die erste Schwäche war, dass ich ein offenes Fenster brauchte. Wir gingen um das Haus herum und entdeckten, dass im ersten Stock ein Fenster angelehnt war. Nachdem ich eine Weile im Schuppen der Nachbarn gesucht hatte, fand ich eine Leiter, die ich erst über die Hecke wuchten musste, ehe ich sie unter das Fenster stellen konnte. Wir machten bei der ganzen Aktion einen solchen Lärm, dass irgendwo in der Nachbarschaft ein Hund aufwachte, und wir warten mussten, bis der nicht mehr bellte.

»Du musst nicht mitkommen«, sagte ich leise zu Liv.

»Natürlich komm ich mit«, sagte sie munter.

Ich stellte den Fuß auf die unterste Sprosse und Liv war bereit, hinterherzuklettern. Oben am Fenster schob ich den Vorhang zur Seite und stellte fest, dass ich tatsächlich das Schlafzimmer der Rektorin erreicht hatte. Sie lag im Bett und schlief mit einem leichten Dröhnen in der Nase. Vorsichtig öffnete ich das Fenster ganz, stellte einen Fuß auf die Fensterbank und stieg lautlos auf den Boden. Danach half ich Liv herein. Wir standen zwei Sekunden da und sahen der Rektorin beim Schlafen zu. Ich spürte meinen Puls als kleine Schläge im Hals. Das hier war Einbruch. Obwohl die Rektorin friedlich schlief, wusste ich, dass sie jeden Moment aufwachen könnte, und keine Ausrede auf der Welt würde uns aus dieser Klemme helfen.

Liv erhellte das Zimmer mit ihrem Lächeln und wir schlichen uns fast lautlos aus dem Schlafzimmer. Zuerst gingen wir ins Badezimmer. Dort nahm ich die herzförmige Seife vom Waschbecken und legte sie in die Dusche. Ein grünes Stück Seife aus der Dusche legte ich neben das Waschbecken. Danach stellte ich alles aus dem Regal über dem Waschbecken um: die Creme aus dem unteren Fach nach oben und die Medizin von oben unten. Liv tauschte in den

Regalen bei der Tür die Badetücher und die Handtücher am Waschbecken aus.

Im Wohnzimmer stellten wir die Stehlampen um und versetzten zwei Leuchter vom Tisch auf die Fensterbank. Wir vertauschten die Topfblumen und führten in den Bücherregalen ein ganz neues System ein. Alle Sachen im Kühlschrank kamen in den Küchenschrank und umgekehrt. Dabei lachten und kicherten wir wie zwei kleine Kinder, sagten dauernd »pst« und kicherten noch mehr.

»Stell dir vor, wie total verwirrt sie sein wird«, sagte Liv lachend.

Im Küchenschrank fanden wir zwei Weinflaschen, die wir beide öffneten. Erst gossen wir ein wenig in zwei Weingläser, dann kippten wir den restlichen Inhalt ins Spülbecken. Ich suchte mir ein Blatt Papier und fing an, einen Brief zu schreiben.

> Danke für den netten Abend.
> Was Du erzählt hast, all die Geheimnisse aus deinem Leben, das hat mich wirklich beeindruckt, auch wenn wir uns doch fast nicht kennen. Ich habe auch noch nie einen Menschen so schön ohne Kleider tanzen sehen.
> Liebe Grüße, Guttorm

Ehe wir gingen, sorgten wir im Gang bei den Schuhen und Jacken noch für eine neue Ordnung. Danach öffnete ich die Tür, ging hinaus und entfernte die Leiter vom Fenster. Ich wuchtete sie über die Hecke und stellte sie so zurück, wie wir sie gefunden hatten. Kein Mensch war irgendwo zu sehen.

»Ich sehe sie schon vor mir, wie sie aufwacht«, sagte Liv kichernd, als wir zusammen über den Gehweg liefen. »Aber warum hast du denn das mit dem Wein und dem Zettel gemacht?«

»Die Rektorin bildet sich ein, dass sie sich für meinen Vater interessiert. Ich glaube aber nicht, dass sie zusammen passen. Wenn ihr Haus neu möbliert ist und sie sich nicht an gestern Abend erinnern kann, traut sie sich vielleicht nicht, ihn noch mal anzurufen.«

»Håkon, du bist unglaublich gerissen.«

Sie küsste mich auf die Wange. Gerissen war gut. Komisch war gut. Witzig war gut. Ich war gut. Es war eine gute Nacht. Wir schlenderten Hand in Hand umher und sahen Leuten zu, die von Festen oder Kneipen nach Hause gingen. Einige stritten sich, einige sangen, einige torkelten. Komisch, was man alles verpasst, wenn man schläft.

»In der Schule kannst du mit mir reden, wann immer du willst«, sagte Liv. »Du kannst in der Schule mit mir machen, was du willst. Äh, vielleicht vor allem reden, alles andere wäre wohl ein bisschen komisch.«

Ich sah sie unsicher an.

»Wir werden ja sehen, was passiert«, sagte sie listig.

Gegen halb fünf fand Liv, wir sollten jetzt nach Hause gehen. Mir lag die Müdigkeit wie eine Kapuze über dem Kopf, aber ich brachte zuerst meine Freundin nach Hause und gab ihr vor der Tür einen Kuss, bei dem unsere Zungen einander streiften. Sie schmeckte süß, diesmal fast ein wenig nach

Lakriz. Ob Mädchen dauernd ihren Geschmack änderten? Ehe ich in meinem eigenen Bett einschlief, würfelte ich diese Nacht aus.

Es konnte nur diese Zahl sein. Vermutlich war ich schon eingeschlafen, noch bevor mein Kopf auf das Kissen aufgetroffen war.

Am nächsten Morgen war ich eher tot als lebendig. Ida weckte mich mit einer Energie, wie sie nur kleine Schwestern auf dem Weg ins Tøyenbad aufbringen können. Ich aß mein Müsli mit Zombiebewegungen, während Ida über Dinge redete, die mein Gehirn unmöglich erfassen konnte.

Als Isabell klingelte, hatte ich mich gerade angezogen und meine Badehose eingepackt. Isabell trug einen kurzen Rock und eine riesige Sonnenbrille mit Glitzerrand. Sie sah fast aus wie ein Filmstar.

»Ich freue mich wirklich, dass ihr mit zum Baden kommen wollt«, sagte sie.

»Das ist total toll von dir, uns mitzunehmen!«, rief Ida und umarmte Isabell ausgiebig.

Isabells Auto hatte kein Dach. Ich fuhr zum ersten Mal in einem Kabriolett und durfte vorn sitzen. Der Wind zog ein wenig an meinen Haaren, aber das war nichts gegen den Wind, der Ida auf dem Rücksitz traf.

»Ist das zu windig?«, fragte Isabell.

»Da ist absolut sautoll!«, rief Ida mit dem Mund voller Wind.

Wann waren wir zuletzt mit Papa schwimmen gewesen? Wir gingen fast nie an den Strand. Papa fand, dass er zu leicht einen Sonnenbrand bekam, auch wenn er nicht besonders bleich war. Die Schwimmbäder in der Stadt besuchten wir nie, weil Papa sagte, gechlortes Wasser sei nicht gut für die Haare. Seltsam, wo er sich doch alle abrasierte. Isabell drehte das Radio auf und sang bei einem Lied von ABBA mit. Ich hatte das Stück schon oft gehört und konnte beim Refrain den Mund nicht halten. Ich mochte zwar vor allem Rap, aber jetzt brüllte ich mit ABBA mit. Gut, dass Fredrik und Ahmed nicht am Straßenrand standen.

Dafür, dass ich so selten schwimmen ging, war ich ein guter Schwimmer. Ich hatte keine Angst vor dem Wasser und schwebte beim Kopfsprung gern einige Meter durch die Luft, ehe ich mit dem Kopf zuerst durch die Wasseroberfläche brach. Isabell trug einen rosa Badeanzug, in dem nur ein kleiner Teil ihres Körpers Platz hatte. Ida und Isabell spielten im Wasser, lachten und bespritzten sich gegenseitig, während ich zwei Sprünge erfand, die ich »Rollbombe« und »einsame Schwalbe« taufte. Danach kaufte Isabell Schokolade und Limo für uns. Ida bedankte sich, als hätte sie das größte Geschenk aller Zeiten bekommen. Ich sagte nichts, obwohl das sicher richtig gewesen wäre.

»Wisst ihr schon mehr darüber, wann euer Vater nach

Hause kommt?«, fragte Isabell uns, während wir die Limo tranken.

Ida schüttelte den Kopf.

»Ich kann mir vorstellen, dass es nicht leicht ist, so lange allein zu Hause zu sein«, sagte jetzt Isabell. »Ich hab mir etwas überlegt. Wenn ihr wollt, und weil es ja sicher nicht so leicht ist, allein zu Hause zu sein, könnt ihr bei mir wohnen, bis euer Vater nach Hause kommt.«

»Wirklich?«, rief Ida außer sich vor Freude.

»Ich habe zwei leere Gästezimmer, aus denen ich irgendwann einmal Kinderzimmer machen wollte. Wir könnten zweimal die Woche schwimmen gehen. Es wäre nur nett, wenn ich ...«

»Das geht leider nicht«, log ich. »Ich muss zu Hause sein, weil ich Besuch von ein paar Kumpels kriege.«

»Stimmt doch gar nicht«, sagte Ida und ihre Mundwinkel krümmten sich. »Du hast ja gar keine Kumpels, Håkon.«

»Doch, ich habe Fredrik und Ahmed. Es kann sein, dass die vorbeikommen«, antwortete ich energisch.

»Du hast noch nie Besuch gekriegt, Håkon. Du brauchst Isabell nicht anzulügen. Ich will bei ihr wohnen.«

»Wenn ich mit Fredrik gehen will, um Playstation zu spielen, dann ist das wahnsinnig weit.«

»Håkon, du hast keine Freunde. Und es macht keinen großen Spaß, wenn wir nur zu zweit allein zu Hause wohnen.«

»Du weißt doch gar nicht, ob ich Freunde habe oder nicht. Ich habe sogar eine Freundin.«

Ich redete zu laut. Die Leute sahen schon zu uns herüber.

»Hast du eigentlich den Verstand verloren, oder was?«

»Wartet, wartet«, bat Isabell und hob beide Hände, um uns zum Schweigen zu bringen.

»Aber ich habe wirklich eine Freundin. Sie heißt Liv und wir waren die halbe Nacht unterwegs«, sagte ich leiser.

»Ja, kann ich mir denken«, sagte Ida spöttisch. »Du hast versprochen, mich nie anzulügen.«

Sie hatte recht. Nichts in meinem Leben ließ annehmen, dass ich plötzlich Freunde oder gar eine Freundin haben könnte. Natürlich war sie davon überzeugt, dass ich log.

»Aber …«, fing ich an.

Es half kaum, dass ich schwor, die reine Wahrheit zu sagen. Ich hatte keine Beweise. Die misstrauischen Krümmungen an Idas Mundwinkeln waren größer denn je und sie schlug demonstrativ die Arme übereinander.

»Håkon, es klingt fast, als ob es sinnvoll für dich sein könnte, mit einer Erwachsenen zusammenzuwohnen«, sagte Isabell. »Und es ist doch bloß, bis euer Vater wieder da ist. Bestimmt kommt er bald. Ich weiß genau, wie traurig es sein kann, ganz allein zu wohnen.«

»Ich hab genug zu tun. Ida kann machen, was sie will. Ich habe Pläne und Leute, mit denen ich alles zusammen machen kann. Und ich küsse jeden Tag. Das schaffst du ja wohl nicht, oder? Du schaffst es ja nicht mal, ein Kind zu kriegen!«

Isabell gab keine Antwort. Ich wusste, dass ich gemein war. Gemeine Kinder kann niemand leiden. Ich stand auf und lief zum Umkleideraum.

»Håkon, warte«, bat Isabell. »Bitte!«

Ich drehte mich nicht um. Ging einfach in den Jungenumkleideraum, übersprang das Duschen und zog mich an. Es entpuppte sich als Wahnsinnsaktion, auf eigene Faust vom Tøyenbad nach Hause zu kommen. Ich musste eine U-Bahn und zwei Busse nehmen und stieg an der falschen Haltestelle aus. Aber diese Fahrt gab mir auch Zeit zum Nachdenken und mein Kopf arbeitete auf Hochtouren.

Zum Glück hatte ich die Eintrittskarte vom Schwimmbad in meiner Tasche und konnte auf die leere Rückseite zeichnen.

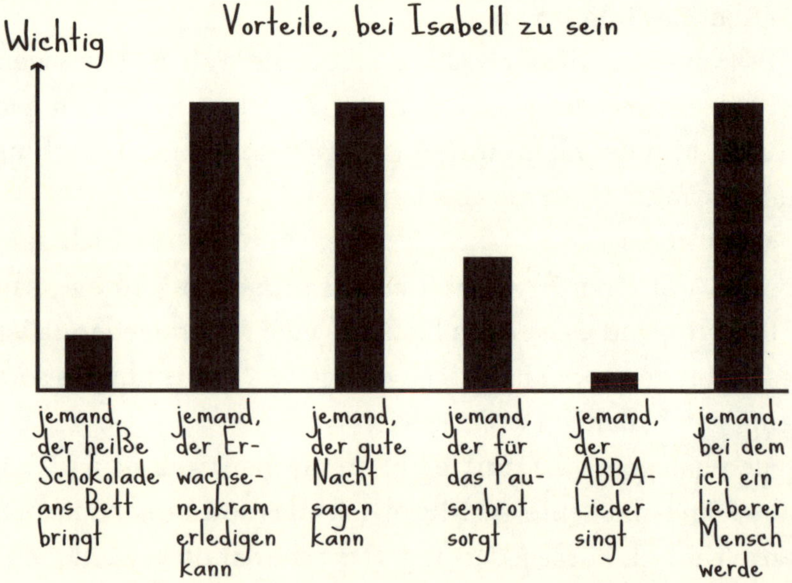

Es war nicht schwer zu verstehen, dass Ida bei Isabell sein wollte, aber ich wünschte mir eben, dass sie lieber bei mir wäre. Ich fand im Papierkorb im Bus ein Blatt Papier und schrieb die Vorteile des Alleinseins darauf.

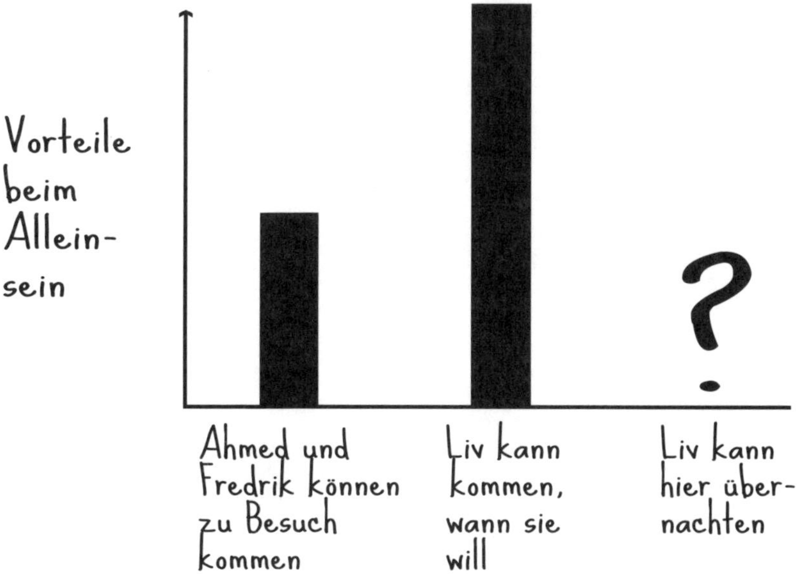

Als ich nach Hause kam, legte ich eine Rap-CD ein und stellte sie noch viel lauter als sonst. Cecilie hämmerte unrhythmisch gegen die Wand. Sofort fühlte ich mich besser. Obwohl ich nach Chlor stank.

Die guten Gefühle hielten an, bis es klingelte und alles ganz anders wurde.

Ein Genie erzählt die Wahrheit

Vor der Tür stand Rolf. Ich wollte schon sagen, dass Papa joggen gegangen sei, als Rolf mich plötzlich umarmte und fest an sich drückte.

»Ich liebe dich, Håkon«, sagte er.

»Aber ich liebe dich nicht«, sagte ich mit dem Mund an seiner Brust.

Er ließ mich los.

»Ich liebe dich als Kumpel, als echter Buddy«, erklärte er. »Du bist einfach so ... gut.«

Ich hätte mich wohl bedanken müssen. Aber ich hatte Angst, er wollte mir einen Heiratsantrag machen oder mich zu sich nach Hause einladen.

»Ich habe jetzt eine Freundin«, sagte er.

Ich atmete auf.

»Guri, die mit den Rosen«, erklärte er. »Wir sind zusammen ausgegangen und jetzt sind wir zusammen. Und alles haben wir dir zu verdanken, Håkon. Warum habe ich so was noch nie gemacht? Es ist doch so einfach. Aber du, ja, du bist ... du bist ... genial!«

Rolf standen Tränen in den Augen.

»Danke«, sagte ich.

»Du bist so … so …«

»In Ordnung? Aber du, ich wollte gerade … die Gläser in der Küche abstauben«, sagte ich und zeigte in die Wohnung, damit er wieder ging.

»Ach, übrigens«, sagte er und war plötzlich ernst. »Ich komme, weil ich eine Karte von Guttorm bekommen habe. Er ist auf Mallorca. Warum hast du das nicht gesagt?«

»Auf Mallorca ist er? Uns hat er gesagt, er wollte nur kurz Butter kaufen.«

Rolfs Lächeln war verschwunden.

»Wart ihr die ganze Zeit allein?«

»Nicht doch, hier waren erwachsene professionelle Leute mit langer Ausbildung …«

»Deshalb musstest du Geld leihen, nicht wahr?« Er musterte mich mit ernster Miene.

»Ich spiele Poker im Internet.«

»Kann ich reinkommen?«

Ich wollte ihn wegschieben. Ein Genie darf so was. Alle Genies können ab und zu eine kleine Notlüge loslassen. Nicht wegen der Lügen bleiben wir in Erinnerung. Sondern wegen all der genialen Dinge, die wir tun. Wie zum Beispiel, unbeholfenen Typen wie Rolf eine Freundin zu besorgen.

Er kam herein und fragte, wo das Sofa geblieben sei.

»Das ist mit einem deutschen Sessel durchgebrannt.«

Ich setzte mich an den festlich gedeckten Esstisch und Rolf holte sich ein Glas Wasser, ehe er sich mir gegenüber setzte.

»Wollt ihr ein Fest feiern?«

»Uns ist ein geplanter Unfall passiert, der eigentlich nicht hätte passieren dürfen.«

»Wie geht es dir denn eigentlich, Håkon?«

»Ida ist mit einer von Papas Freundinnen durchgebrannt.«

Rolf trank einen Schluck Wasser. Ich starrte die Tischplatte an. Darauf lag eine zerknüllte Serviette in Gold.

»Deinem Vater ging es nicht so gut, nachdem deine Mutter ihn verlassen hatte. Das Leben war ihm sozusagen nicht gut gesinnt. Er lernt ja Frauen kennen, aber es wird nie etwas Richtiges.«

An der Serviette klebte Marmelade, die wie roter Leim aussah. Hart und teilweise durchsichtig. Es war harte Arbeit, sie von der Serviette zu entfernen, ohne dass die ganze Goldfarbe abging.

»Ich glaube, die neue Sache ist vielleicht nicht das Richtige«, sagte Rolf jetzt.

Ich sagte nichts.

Schließlich fragte er: »Hat Guttorm etwas darüber gesagt, warum er weg ist?«

Die Serviette riss und bald waren davon nur noch Papierfitzelchen übrig.

»Wird Liebe früher oder später so?«, fragte ich und ließ die Serviettenreste vor Rolfs Gesicht baumeln.

»Håkon, hörst du mir überhaupt zu?«

Ich ließ die Serviette los. Rolf war eigentlich ziemlich in Ordnung. Komisch, dass die Frauen das nicht sahen. Vielleicht war seine unsichere Persönlichkeit ein bisschen im Weg.

»Papa ist mit ... der großen Liebe unterwegs«, sagte ich leise und beugte mich ein wenig vor. »Isst du gern Marmelade?«

Er schien von der Frage überrascht zu sein. Hatte er denn

nicht gesehen, dass es mir total misslungen war, einen großen, eingetrockneten Flecken von der Serviette zu entfernen?

»Doch, ich esse gern Marmelade.«

»Papa mag keine Marmelade. Ist das nicht komisch? Wie kann er die große Liebe finden, wenn er so etwas Süßes und Schönes wie Marmelade nicht leiden kann?«

Rolf versuchte sich an einem Lächeln und schluckte.

»Ich fürchte, er hat nicht die große Liebe gefunden. Dein Vater hat schon früher vom Aussteigen geredet. Daran seid nicht ihr schuld, du und Ida. Das Leben ist nur ein bisschen zu viel für ihn. Bei der Arbeit geht es ja immer schief. Er schafft es nicht, ein guter Vater zu sein. Und er findet keine, die eurer Mama gleichkommt. Auch wenn sie eigentlich nicht so richtig gut für ihn war.«

Ich ballte die Faust um das Glas. Wenn ich es losließ, würde ich vom Stuhl fallen, das fürchtete ich.

»Er glaubt, dass unsere Oma auf uns aufpasst«, sagte ich.

»Die Strenge? Ich kann ja verstehen, warum ihr sie lieber nicht anruft. Ich kann aber nicht verstehen, woher er das Geld hat, um nach Mallorca zu fahren.«

»Er hat sich Geld von irgendwelchen Frauen geliehen. Offenbar hatte er mehrere Freundinnen.«

Rolf legte seine Hand um meine, die sich am Wasserglas anklammerte.

»Brauchst du Hilfe, Håkon?«

Brauchte ich Hilfe? Das war eine schwierige Frage. Wann braucht man Hilfe? Ich hatte keine sichtbaren Wunden. Nichts war gebrochen. Nicht einmal verstaucht. Mein Finger tat nicht mehr weh. Aber ich glaubte zu verstehen, was er meinte.

»Weißt du was?«, fragte ich. »Ich habe auch eine Freundin. Glaubst du mir das?«

Auch diese Frage schien ihn zu überraschen.

»Äh, ja, klar, sicher glaube ich, dass du eine Freundin hast.«

»Ich habe jetzt auch Freunde. Jedenfalls glaube ich, dass sie Freunde sind. Es ist eigentlich ganz schön viel passiert, seit Papa weg ist ... Und eigentlich ist das alles gar nicht so schlecht.«

»Das ist ja gut. Aber heißt das, du willst nicht, dass dein Vater nach Hause kommt?«

Ich hätte sofort antworten müssen. Abwehren und sagen, dass von nun an alles anders werden müsste. Dass natürlich alle Sehnsucht nach ihrem Vater hätten. Aber Rolf hatte eine Frage gestellt, auf die niemand eine Antwort geben sollte. Jedenfalls nicht ich. Jedenfalls nicht in diesem Moment.

Ich sprang auf, hatte aber vergessen, das Glas richtig loszulassen. Es kippte um und das Wasser floss über die Tischplatte und auf Rolfs Oberschenkel. Ich lief in mein Zimmer, schloss die Tür und ließ mich bäuchlings auf das Bett fallen. Als ich mein Gesicht tief ins Kissen bohrte, wurde alles dunkel.

Ich hörte nicht, dass er ins Zimmer kam, aber plötzlich spürte ich eine Hand auf dem Rücken. Er streichelte mich eine Weile, ohne etwas zu sagen.

»Håkon«, begann er, nachdem er mich sicher einige Minuten nur ruhig gestreichelt hatte. »Ich habe eine unglaublich chaotische Wohnung, die ich jetzt in Ordnung bringen will. Weil ich Guri eingeladen habe. Ich dachte, vielleicht möchtest du ... mit deiner Freundin auch kommen. Wir könnten ein Doppeldate haben. Ich koche oder wir lassen uns Essen kommen oder so. Ich habe nämlich auch nicht so viele Freunde.«

Ich drehte mich zu ihm um und hoffte, dass das Kissen meine Tränen aufgesogen hätte.

»Das wäre … nett … glaube ich.«

»Und wenn du ein paar Tage bei mir wohnen willst, ist das auch total in Ordnung.«

»Danke, aber ich glaube, es reicht mit einem Doppeldate.«

»Na gut.«

Es dauerte noch, bis Rolf ging. Er versuchte, noch mehr über Papa zu reden, aber am Ende sprachen wir über Actionfilme. Rolf kannte mehr als ich, aber er sah sie selten mehr als einmal, deshalb konnte ich mich an mehr Details erinnern.

Als er weg war, wurde die Wohnung zum Gefängnis. Ich musste fliehen und dachte, dass echte Kumpels sich gegenseitig mit Sonntagsbesuchen überraschen könnten. Es gab also nur eine Möglichkeit herauszufinden, ob ich echte Kumpels hatte.

Als ich vor Fredriks Tür stand, merkte ich, wie ich es an den Nerven bekam. Es schien eine Reihe von Regeln zu geben, mit denen ich mich noch nie beschäftigt hatte. Mein Finger mit dem Pflaster schwebte irgendwo zwischen meinem Körper und der Klingel. Mein eines Bein schien bleiben zu wollen, während das andere gern geflohen wäre. Ich würde in der Mitte zerreißen, wenn ich die Sache nicht in den Griff bekam.

»Ach, bist du das … Håkon?«, hörte ich hinter mir eine Stimme, die ich kannte. Ich drehte mich um und sah Aksel und Thomas. Aksel und Thomas aus meiner Klasse, die bestimmt nicht zu meinen Kumpels gehörten. Natürlich wollten sie zu Fredrik und hier stand ich, der Klassenclown, und lungerte vor seiner Tür herum. Ich hatte nicht geklingelt.

Jetzt konnte ich nicht klingeln. Mir fiel auch kein lebensrettender Spruch ein. Das Schicksal hatte mir eins auf die Finger gegeben. Die Zeit der Ausflüchte war vorbei.

»Was läuft denn so, Håkon?«, fragte Aksel.

»Nicht sehr viel. Ich wollte nur ... bin ein bisschen ... so unterwegs ... in der Gegend.«

Er trat ganz dicht an mich heran. Das fiese Grinsen, der scharfe Blick. Ich spannte meine Magenmuskeln an, für den Fall, dass er zuschlug.

»Willst du auch zum Spielen zu Fredrik?«, fragte Aksel.

Die Frage wurde in meinem Kopf wie ein Echo wiederholt.

»Öh, äh, nein, ich ...«, fing ich an und merkte, dass ich redete, ohne nachzudenken. »Wollt ihr spielen?«

»Hab gehört, dass du am Freitag hier warst.«

Sie hatten gehört, dass ich Fredrik besucht hatte. Hier stand Aksel, der, den alle Jungs in der Klasse bewunderten, der das wagte, woran kein anderer auch nur dachte, der beim Armdrücken alle besiegte – und hatte gehört, dass ich bei Fredrik gewesen war. Weil Fredrik von mir erzählt hatte. Was hatte er gesagt?

»Tja, wir haben gespielt ...«, fing ich an, aber mir fiel nicht mehr ein, wie das Spiel geheißen hatte. »Spiele.«

Aksel drückte auf die Klingel. »Super, das mit Bürste«, sagte er.

Fredrik machte die Tür auf.

»Hallo, kommt doch rein«, sagte er und nickte ins Innere der Wohnung.

Aksel und Thomas gingen hinein. Ich blieb stehen und hielt den Atem an.

»Du machst doch auch mit, oder?«, fragte Fredrik und blickte mich fragend an.

Ich atmete aus.

»Klar doch«, sagte ich und ging hinein.

Ahmed saß schon in Fredriks Zimmer. Die anderen sagten hallo und klatschten die Hände aneinander. Ich machte das auch. Danach spielten wir ein anderes Spiel als beim letzten Mal und ich war mit Abstand der Schlechteste, aber keiner pöbelte mich an oder lachte mich aus, sie gaben mir nur gute Tipps.

»Ich bin vorhin Liv begegnet«, sagte Aksel leise.

Ich fuhr herum. Alle begriffen, dass er etwas Saftiges zu erzählen hatte. Er sah mich an, wie um meine Reaktionen zu studieren.

»Stimmt das?«, fragte er dann.

Ob was stimmte? Dass Liv und ich zusammen waren? Dass wir im Haus der Rektorin Sachen verstellt hatten? Dass sie mich eigentlich gar nicht kannte?

Ich nickte. Egal was, es war damit wahr.

»Kann ich das den anderen erzählen?«, fragte er.

Ich versuchte, den Kopf zu schütteln, nickte aber fast im selben Moment. Dann erzählte er von unserem Besuch bei der Rektorin. Alles was er sagte, stimmte. Abgesehen davon, dass er das Wichtigste nicht erzählte. Dass Liv und ich zusammen waren. Dass wir uns geküsst und uns sogar mit den Zungen berührt hatten.

»Du bist echt krank im Kopf«, sagte Fredrik zu mir. Krank im Kopf ist gut, glaubte ich mich zu erinnern. »Was habt ihr denn mitten in der Nacht draußen gewollt? Ich wusste nicht mal, dass du sie kennst.«

Alle sahen mich an. Was würde passieren, wenn ich es ganz offen sagte? Was, wenn Liv sich die Sache anders überlegt hatte und alles abstritt? Dann würde ich vermutlich keine Kumpels mehr haben. Alle würden wieder sein wie früher. Aber was würde passieren, wenn sie erfuhren, dass die hübsche, beliebte Liv mich wollte, den Klassenclown, der echt krank im Kopf war? Was konnte ich sagen, ohne die totale Blamage zu riskieren?

»Liv klebt die ganze Zeit an mir«, sagte ich. »Und da wollte ich sie verscheuchen, aber das hat nicht funktioniert.«

»Liv klebt an dir?«, fragte Fredrik überrascht. »Sie ist doch …«

Er tauschte mit den anderen einen Blick und beendete diesen Satz nicht.

»Richtig erschreckt hat sie die Sache offenbar nicht. Nächstes Mal müssen wir bei Schlägern mit Rottweilern einbrechen, dann hört sie vielleicht auf.«

Das war ein idiotischer Spruch. Was würde passieren, wenn sie mich jetzt Hand in Hand mit Liv sähen? Null Kumpels. Abermals hatte ich mich in eine Klemme geredet.

»Aber es macht eigentlich ziemlichen Spaß, mit ihr zusammen Sachen zu machen.«

»Das muss ja fast so sein«, sagte Aksel. »Wo sie doch sagt, dass ihr zusammen seid.«

Im Zimmer wurde es ganz still. Man konnte den Staub rieseln hören. Jemand ging durch die Wohnung über uns. Irgendwo weit weg lief ein Fernseher.

Das war's. Da konnte ich auch gleich nach Hause gehen. Natürlich hatte einer wie ich keine Kumpels. Ich war ein Eigenbrötler. Einer komischer Kauz, der besser allein blieb.

Einer, über den sie lachen konnten. Eine kleine unterhaltsame Einlage im Alltag.

»Hat sie das gesagt?« fragte ich.

»Aber eigentlich hat sie mich gebeten, es nicht weiterzusagen. Sie wusste nicht, ob du willst, dass irgendwer das weiß«, sagte Aksel.

»Ich ...«, fing ich an und zögerte ein wenig, ehe ich hinzufügte: »Ich hatte noch nie eine Freundin. Ich hatte eigentlich auch nie Kumpels. Außerdem bin ich viel zu sehr daran gewöhnt, Dinge zu erzählen, die nicht ganz wahr sind. Sorry.«

Ich schaute zu Boden.

»Weißt du was?«, sagte Aksel. »Wir reden schon länger darüber, dass es lustig sein könnte, nachmittags was mit dir zu unternehmen. Aber wir wussten ja nicht, was du dann so machst. Du wirkst wie ein cooler Typ. Aber eins muss klar sein, wenn wir Freunde sein wollen.«

Ich schaute auf und erwiderte Aksels Blick.

»Wir dürfen uns nicht gegenseitig anlügen.«

Ich schluckte einen Kloß von der Größe eines Tennisballs hinunter.

»Versprochen. Ich werde euch nie wieder anlügen.«

»Und bist du also mit Liv zusammen?«

»Ich ... ich glaube schon. Heute Nacht hat sie das jedenfalls gesagt.«

»Alle hier im Zimmer finden Liv ... super. Du bist wirklich spitze, Håkon. Oh verdammt, du bist ein echter Player.«

Ich war ein »Player«. Ich hatte nur keine Ahnung, was ein Player wohl sein mochte. Aksel legte mir einen Arm um den Hals und knallte mit der Faust gegen meinen Kopf. Die anderen Fäuste schlossen sich an und meine Haare sträubten sich wie ein dichter Regenwald.

»Mit so was muss ein Kumpel rechnen«, sagte Aksel und lachte.

Ich war ein Kumpel, ein kranker Player. Dinge, von denen ich keine Ahnung hatte, aber die zusammen ergaben, dass ich endlich Freunde hatte. Sie waren wie ich. Der ganz normale unnormale Håkon.

»Lasst uns was Lustiges machen«, sagte Ahmed.

Alle sahen mich an. War das der große Test?

»Ich hab eine Idee«, sagte ich langsam und versuchte, meine Haare plattzudrücken.

Ich ging dazu über, mich am Kopf zu kratzen. Als ob mein Kopf einen eigenen Tresor mit wilden Gedanken hätte, die herauskamen, wenn er massiert wurde. Ich musste mir etwas einfallen lassen.

»Gibt es hier Nachbarn, die du nicht leiden kannst?«, fragte ich und sah Fredrik an, weil er doch hier wohnte.

Alle hatten einen oder mehrere Nachbarn, die dauernd schimpften oder sich bei den Eltern beschwerten. Und richtig, auch in Fredriks Block wohnten zwei Stück der Sorte »nervige Nachbarn«. Der eine hatte seinen Parkplatz am Ende des Blocks und wurde wütend, wenn jemand in der Nähe Fußball spielte. Der andere hatte Fredriks Vater informiert, als Fredrik und seine Kumpels Mädchen mit Wasserbomben beworfen hatten. Das Einzige, was diesem Nachbarn egal war, war, wenn sie beim Parkplatz Fußball spielten, denn er fuhr immer mit dem Rad. Beide Typen kamen mir wie gerufen. Zwei wütende Nachbarn, die einen Denkzettel verdient hatten.

Wir suchten uns im Internet ihre Telefonnummern raus. Ich bat Fredrik, mir in der Küche ein wenig Butterbrotpapier zu holen. Danach ließ ich mir ein Handy geben, aktivierte die Rufnummernunterdrückung und wickelte das Butterbrotpapier um den Sprechteil. Zuerst rief ich den mit dem Auto am Ende des Blocks an und machte meine Stimme so tief wie ich nur konnte.

»Es nervt, dass Sie so viel Platz für Ihr Auto mit Beschlag belegen. Es müsste überall Fahrradständer geben«, sagte ich.

»Wer ist da?«, fragte die Stimme am anderen Ende.

»Haben Sie noch nie was von Umweltschutz gehört, oder was?«

Ich legte auf. Danach rief ich den anderen Nachbarn an.

»Warum schmieren Sie nie Ihre Fahrradkette?«

»Wer ist da?«, fragte er.

»Ich hab es so satt, wie Sie hier durch die Gegend scheppern!«

Dann legte ich auf. Die anderen sahen mich an wie riesige Fragezeichen.

»Hat hier einer eine Kamera mit gutem Zoom?«, fragte ich.

Fredrik holte die Digitalkamera seines Vaters, die eine Superlinse hatte. Dann rief ich wieder den mit dem Auto an.

»Sie Umweltschwein!«

»Sagen Sie, wer ist da?«, rief er.

Ich legte auf und rief den mit dem Fahrrad an.

»Ich hätte Lust, Ihr Fahrrad in Stücke zu schlagen!«

»Herrgott, was soll das denn bloß?« rief er verzweifelt.

Die anderen lachten. Danach wartete ich zwei Minuten. Die Jungs waren total aufgedreht und wollten wissen, was jetzt passieren würde. Ich nahm das Handy und rief wieder den Mann mit dem Auto an.

»Hier ist Fredriksen aus dem dritten Stock«, sagte ich. »Jetzt hab ich die Faxen dicke. Ich geh runter und schlitze Ihnen die Reifen auf!«

»Hä?«

»Sonst lernen Sie das nie!«

»Sie wollen mir die Reifen aufschlitzen?«

Ich legte auf. Danach war wieder der mit dem Fahrrad an der Reihe.

»Hier ist Larsen aus dem ersten. Jetzt hab ich Ihr Rad einfach satt. Ich setze mich in mein Auto und mache Staub aus Ihrem Drahtesel.«

»Was?«

»Nicht eine Speiche soll heil bleiben!«

Dann legte ich auf.

»Du bist der glatte Wahnsinn«, sagte Aksel.

Wir gingen auf den Flur und schauten aus einem Fenster auf den Parkplatz. Schon nach wenigen Minuten kam Larsen angerannt und überprüfte seine Reifen vorn und hinten. Gleich darauf erschien Fredriksen und brüllte, er sei ein Idiot. Dann schubsten sie sich gegenseitig herum, während die Beschimpfungen nur so hagelten. Es war eher ein Handgemenge als eine echte Prügelei. Aksel nahm alles mit dem Handy auf und wollte es bei YouTube einstellen. Fredrik konnte mit der Kamera seines Vaters einige gute Bilder machen. Am Ende brüllten die beiden Drohungen, dann trennten sie sich. Wir rannten zurück in Fredriks Zimmer und wälzten uns vor Lachen auf dem Boden.

Die anderen klopften mir auf den Rücken. Sagten Dinge, wie sie noch kein Junge zu mir gesagt hatte. Ich gehörte dazu. Plötzlich war ich verrückt und cool und komisch und witzig zugleich. Es machte nichts, dass ich ein saumieser Playstation-Spieler war. Außerdem lernte ich schnell. Ahmed hielt mich für ein Naturtalent beim Autorennen.

»Ich bin übrigens allein zu Hause«, sagte ich.

Ich wollte nicht nur nicht lügen. Ich wollte die Wahrheit sagen, ehe sie fragten.

»Du bist allein zu Hause ... jetzt?«, fragte Fredrik.

»Ja, Und morgen auch. Vermutlich noch die ganze nächste Woche.«

»Echt? Wo sind denn deine Eltern?«

»Mein Vater ist auf Mallorca. Ihr könnt vorbeikommen, wann ihr wollt. Aber ich habe kein Sofa.«

Sie waren auf eine seltsame Weise beeindruckt. Als käme ich aus einem Land mit unglaublich seltsamen Sitten. Ich versprach eine richtig scharfe Party. Ich wusste ja nicht so recht, wie Jungs in meinem Alter ein Fest machten, aber es würde garantiert ganz anders ablaufen als das, was der Drache geplant hatte.

Wir spielten so lange Playstation, dass ich mir auf dem Weg nach Hause gegen den ärgsten Hunger eine Wurst kaufen musste. Es machte mir nicht mehr so viel aus, ganz allein in der Wohnung zu sein. Ich sah fern, bis die Uhr so eine späte Stunde anzeigte, dass ich schon glaubte, dass sie falsch ging.

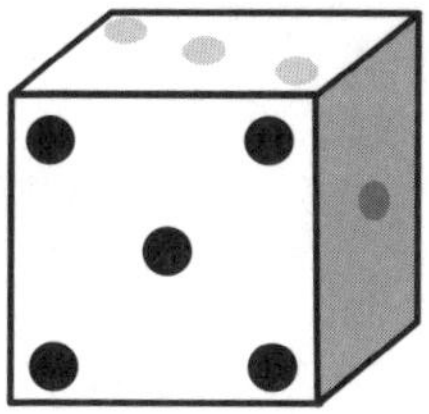

Der Abend war zwar ein Sechser. Aber der Anfang war ein wenig holprig gewesen. So analysierte ich den Tag. Danach zeichnete ich das, was in meinem Leben etwas bedeutete.

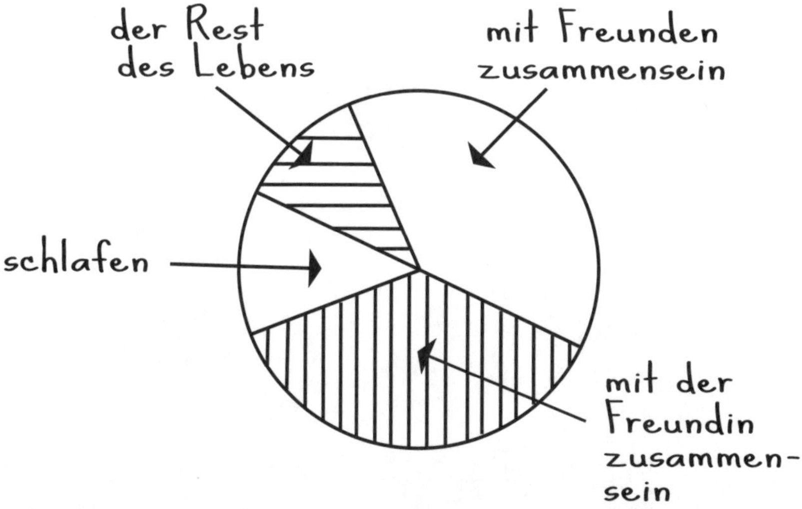

Ich lag im Bett und starrte zur Decke hoch. Jetzt war ich sicher. Es tat fast weh, so sicher zu sein. Aber dass Papa weggefahren war, war das Beste, was mir seit Langem passiert war.

Das Seltsame bei guten Dingen aber ist, dass so oft etwas darauf folgt, das absolut nicht passieren dürfte.

Der Mann, der mitten im Zimmer stand

Die Rektorin kam nicht in die Schule. Genau, wie ich befürchtet hatte. Niemand sagte uns, warum sie nicht da war, aber ich begriff auch so, dass ich einen Finger oder eine Hand mit im Spiel hatte. Ich hoffte, dass sie nicht vollständig durchgedreht war und jetzt zusammen mit Bürste in der Klapse steckte.

Aber da hatte ich total schiefgelegen, denn zur zweiten Stunde tauchte Bürste auf und sah nicht einmal sonderlich sauer aus. Er war sogar mehr als durchschnittlich gut gelaunt. Aber er wich meinem Blick aus, als ob ich ihn an etwas Böses erinnern könnte. In der Pause redeten die anderen mit mir, als ob ich dazugehörte. Es war ein bisschen unwirklich, genau wie in einem Gute-Laune-Film. Es kitzelte ein bisschen in meinem Magen und ich sagte witzige, durchdachte Dinge.

In der großen Pause fragte Aksel, ob ich »eine Kiste am Laufen« hätte.

»Nicht gerade jetzt«, sagte ich. »Aber man weiß ja nie, was passiert.«

»Du brauchst mich nicht zu beeindrucken. Ich wollte das nur wissen.«

Genau so sagte er das. »Du brauchst mich nicht zu beeindrucken.« Er wollte das nur wissen. Ich konnte einfach mit den anderen zusammenstehen, auch wenn ich Bürste nicht in den Wahnsinn getrieben hatte und keine irrwitzige Geschichte erzählen konnte. Man durfte beeindrucken, musste aber nicht. Neue Regeln. Neue Zeiten.

Außerdem kam Liv zu mir. Wir küssten uns nicht. Es gibt ja doch Grenzen. Aber sie legte mir eine Hand auf die Schulter und fragte, ob ich schon gehört hätte, dass die Rektorin nicht in der Schule war. Es war, als ob wir einem Geheimbund angehörten. Alle lächelten wissend. Nur wir kannten den Grund, aus dem die Rektorin vorübergehend wahnsinnig geworden war. Der Rest der Schule hatte keine Ahnung. Aksel meinte, sie sei mindestens in einer geschlossenen Abteilung mit Zwangsjacke und jeder Menge Pillen, und gerade das machte mir ein bisschen Bauchweh.

»Morgen ist sie sicher wieder da«, sagte ich zaghaft.

Als ich unter vier Augen mit Liv sprechen konnte, fragte ich, ob sie mit zum Doppeldate bei Rolf kommen wollte.

»Verstehst du, ich habe ihm seine Freundin in einem Blumenladen gefunden«, erklärte ich.

»Ist er erwachsen?«

»Ja, jedenfalls körperlich.«

»Und wir sollen bei ihm essen?«

Sie hörte sich skeptisch an. Als ob sie Rolf für ein altes Schwein hielte.

»Wenn du willst. Wir müssen nicht. Ich weiß nicht mal, ob er kochen kann.«

Sie lächelte. »Wenn ich mit dir gehe, wird es jedenfalls nicht langweilig. Also von mir aus.«

Komische Leute gehen nicht zu langweiligen Doppeldates. Liv kam mit.

Ich lernte in den Schulstunden an diesem Tag rein gar nichts. Dazu war mein Kopf viel zu voll mit dem, was zwischen den Stunden passierte. Denn jetzt wusste ich plötzlich genau, wie es war, in der Schule Freunde und eine Liebste zu haben. Und das war ein wenig zu viel Info auf einmal. Alles in allem war es einer der Tage, an denen ich in meinem ganzen Leben am meisten gelernt hatte, auch wenn ich das wohl kaum jemals bei einer Klausur würde verwenden können. Auf einem Blatt Papier zeichnete ich den Schulalltag vorher und nachher.

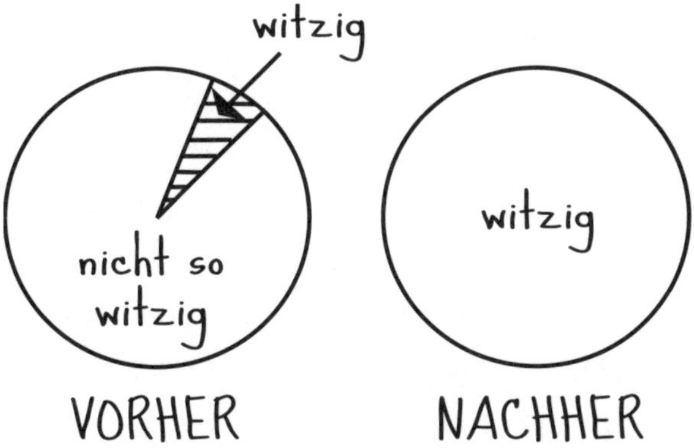

In der letzten Pause fragte ich Ida, wie es bei Isabell so sei.

»Sie ist die beste Köchin auf der Welt. Und macht wunderbares Frühstück. Und Pausenbrote.«

»Seit wann interessiert du dich fürs Essen?«

»Sie liest mir vor dem Einschlafen vor.«

»Ich kann auch lesen.«

»Aber du tust das nicht. Und abends haben wir Halma gespielt.«

»Ich spiele auch gern Halma.«

»Dann kannst du ja zum Spielen zu uns kommen.«

Es war kein schönes Gefühl, von seiner kleinen Schwester zusammengestaucht zu werden. Aber an diesem Tag konnte mir nichts etwas anhaben. Ihre Worte prallten an mir ab und bald stand ich mit den Jungs aus meiner Klasse zusammen und plante unsere nächsten Streiche.

Ich ging sogar nach der Schule mit Fredrik und Ahmed nach Hause. Wir spielten mit einem leeren Milchkarton Fußball und sprachen über die Nachbarn, die so sauer waren, dass sie nachts sicher nicht geschlafen hatten.

»Können wir heute zu dir kommen?«, fragte Ahmed.

»Ja, gern.«

»Wir könnten solchen Sturmfreie-Bude-Kram machen«, sagte Fredrik.

»Was ist das eigentlich?«, fragte Ahmed.

»Bei offenem Fenster laut Musik laufen lassen. Uns mit Süßigkeiten vollstopfen. Juxanrufe machen«, meinte Fredrik.

»Von mir aus gern«, sagte ich. »Aber unser Telefon funktioniert nicht. Und die Nachbarin ist verrückt. Aber ich habe jede Menge Süßigkeiten.«

»Spitze.«

Wir machten aus, dass sie gegen sechs zu mir kommen sollten. Fredrik wollte Aksel und Thomas Bescheid sagen.

Nachdem ich mich von Fredrik und Ahmed verabschiedet hatte, sah ich Cecilie auf mich zukommen. Ich wollte sie schon vor der lauten Musik später am Abend warnen, beschloss aber, dass es besser wäre, sie zu überraschen. Außerdem wirkte sie ohnehin schon reichlich mittagsmuffelig. Sie warf mir einen übellaunigen Blick zu, jedenfalls hielt ich den für übellaunig. Aber als ich genauer hinsah, schien sie nur traurig zu sein. Als ob sie geweint und bei meinem Anblick fast wieder losgeschluchzt hätte.

»Das hat nicht gestimmt«, sagte sie mit belegter Stimme.

»Hä?«, fragte ich.

Was hatte denn nicht gestimmt? Sie ging weiter. Ich machte mich auf den Heimweg, erst ruhig, dann schneller, am Ende rannte ich. Cecilie war zwar nicht ganz klar bei Verstand, aber sie weinte nicht ohne Grund.

Zu Hause schaute ich in den Briefkasten. Seltsamerweise war der ganz leer.

»Ach, hallo, da bist du auch«, sagte Gundersen im Vorübergehen. »Habt ihr die Katze gefunden?«

»Da bist du auch.« Wie hatte er das denn gemeint?

»Die war tot«, sagte ich.

»Das ist traurig«, sagte er und ging aus dem Haus.

Als ich die Treppen hochstieg, schien in mir eine neue Art Unruhe zu schwappen. Das Gefühl, dass etwas Unerwartetes bevorstand, wurde immer größer. Ich konnte nur nicht voraussehen, was es sein könnte, oder vielleicht wollte ich das nur nicht begreifen? Vor unserer Wohnungstür blieb ich stehen und überlegte, ob ich etwas anderes tun sollte. Zu Liv gehen oder bei Fredrik Playstation spielen. Aber alle würden doch herkommen. Wir würden laute Musik hören und uns neue Aktionen ausdenken. Uns in Gummibärchen und Lakritzschnecken suhlen.

Ich steckte den Schlüssel ins Schloss und drehte ihn um: Es war nicht abgeschlossen. Die Tür war offen. Ida war bei

Isabell und der Drache hatte den Reserveschlüssel vergessen. Ich wusste noch genau, dass ich abgeschlossen hatte. Nichts wies auf einen Einbruch hin.

Ich schluckte einen Spuckeklumpen hinunter und ließ die Tür aufgleiten.

Drinnen sah ich in ein Gesicht, das mich enttäuschte und zugleich beängstigte. Vermutlich hätte es mich auch glücklich machen sollen. Aber dieses Gefühl hatte ich gut versteckt.

»Was willst du denn hier?«, rief ich.

Das war nicht die richtige Frage. Das weiß ich. Vielleicht war es der Schock. Schock kann offenbar erklären, dass man die seltsamsten Dinge sagt.

»Ich musste doch früher oder später nach Hause kommen«, antwortete Papa.

Er war wieder zu Hause. Er stand mitten im Zimmer und wusste nicht so recht, wohin mit seinen Händen. Ich ließ meine Schultasche auf den Boden fallen und zog die Tür hinter mir zu. In diesem Moment dachte ich vor allem an meine Kumpels, die zu Besuch kommen würden.

»Aber wie geht es dir und Ida?«, fragte Papa.

Wir standen uns an den Enden des Zimmers gegenüber, wie bei einem Zweikampf in einem alten Westernfilm im Fernsehen.

»Mir geht es gut, aber meine Gefühle sind ein wenig wütend«, sagte ich.

Ich erinnerte mich wieder daran; an sein Seufzen. Bei dem sein ganzer Körper ein wenig zusammensackte. Ein Stöhnen, das jede Stimmung ruinierte.

»Ich weiß nicht, wo ich anfangen soll«, sagte er dann.

»Gerade heute bin ich nicht sicher, ob der Anfang die richtige Stelle ist. Ich finde den Schluss wichtiger.«

»Das kann ich verstehen«, sagte er und seufzte. »Ich verstehe, dass ich dich enttäuscht habe. Aber es war alles einfach zu viel für mich. Jetzt jedoch ist mir klar geworden, dass ich keine Frau brauche, um glücklich zu sein. Ich habe euch.«

Ich wollte schon fragen, ob er bis nach Mallorca habe reisen müssen, um zu dieser Erkenntnis zu gelangen, aber weitere Erklärungen hätte ich nicht ertragen. Ich hatte das Gefühl, dass ich langsam begriff, woher ich meine ganzen Ausreden hatte. Immer hatte Papa einen zweifelhaften Grund für alles, was er unternahm.

Er setzte sich auf einen Stuhl und griff sich an den Kopf. Papa hätte eine Runde mit dem Rasierer brauchen können, am Kinn und auf dem Schädel. Ich trat einige Schritte näher, blieb aber drei oder vier Meter vor ihm stehen.

»Wart ihr etwa ...?«

»Ja.«

»Aber ich habe doch geschrieben, du solltest Oma anrufen.«

»Vielleicht ist ja auch auf mich nicht immer Verlass.«

»Aber ... ihr hattet doch kein Geld.«

»Ich habe Rolf und Cecilie angepumpt. Sie ist übrigens schrecklich verliebt in dich.«

»Ja, sie ist mir im Treppenhaus begegnet. Das ist nicht so gut gegangen. Von jetzt an werde ich ehrlich sein.«

Wieder seufzte er.

»Isabell will dich auch«, erzählte ich. »Du hast es eigentlich nicht verdient, so beliebt zu sein.«

»Du kennst Isabell? Nein, das habe ich wohl nicht.«

Er fuhr sich mit einer Hand über seine Haarstoppeln. Wenn Wiedersehensfreude bedeutete, dass man von allem, was man erzählen will, überzulaufen droht, dann war das hier nicht der Rede wert. Ich setzte mich auf einen anderen Stuhl, ein Stück von Papa entfernt, und gab mir große Mühe, meinen Kopf nicht anzufassen. Denn ich wollte ja nicht werden wie Papa. Ich wollte mit den Ausflüchten aufhören. Ich wollte nichts von den Dingen tun, die Papa tat. Nicht eine Bewegung sollte an ihn erinnern.

»Ich habe Oma nicht angerufen«, sagte ich. Papa triefte vor schlechtem Gewissen. Ich konnte nicht ins alte Leben zurückgehen. In gewisser Weise war ich ein neuer Håkon. Ich lebte jedenfalls ein neues Leben. Wenn ich irgendwann Liv heiratete, würde ich für immer mit ihr zusammenbleiben. Das müsste doch möglich sein?

»Papa, es soll nicht wieder so werden wie es war.«

So. Jetzt war es gesagt.

»Ich will das ja auch nicht.«

»Ich will, dass jetzt erst einmal Ida und ich entscheiden, wie das hier zu Hause läuft.«

Er schaute mich an.

»Entscheiden … alles?«

»Ja. Alles. In einer Weile, in einer ziemlich langen Weile, können wir vielleicht zusammen entscheiden.«

Papa rieb sich das Gesicht, als hätte er sich unterwegs eine zusätzliche Haut zugelegt. Er war ein bisschen braun, vor allem aber rot, und er schien schon ziemlich lange seine Kleider nicht mehr gewechselt zu haben.

»Ida ist übrigens zu Isabell gezogen.«

»Was sagst du da?«

»Nur die Wahrheit.«

Papa wirkte verwirrt, stellte aber keine Fragen. Ich nahm einen Zettel und machte eine Liste dessen, was in Zukunft passieren sollte.

- Papa versucht, mit Isabell zusammenzusein.
- Oma feiert ihren Geburtstag bei uns und wir helfen alle.
- Papa besorgt sich eine Arbeit, die er schaffen kann, und geht jeden Tag hin.
- Papa bezahlt unsere Schulden bei Cecilie und Rolf.
- Papa sucht sich Hilfe, um seine Finanzen in Ordnung zu bringen.
- Wir drei sehen uns jede Menge witzige DVDs an und lachen laut.
- Wir drei singen ABBA-Lieder (gilt nicht, wenn wir Besuch haben).
- Håkon hat sturmfreie Bude und kann Kumpels zu Besuch haben.

- Wenn wir genug Geld haben, kaufen wir eine Playstation.
- Liv darf hier sein, so oft sie will ~~(sie kann auch nachts zu Besuch kommen)~~.

Unten auf dem Blatt ließ ich Platz, damit Ida ihre Forderungen dazusetzen könnte. Ich gab Papa die Liste und er las schweigend. Anfangs bestand seine Stirn nur aus welligen Runzeln, aber bald sah sie aus wie eine wilde Bergkette. Er sah mich an, wie um zu fragen, ob das alles mein Ernst sei.

»Glaubst du wirklich, dass Isabell mich will?«

»Das glaube ich. Auch wenn sie vielleicht etwas anderes sagt.«

»Wer ist Liv?«, fragte er.

»Ein Mädchen.«

»Okay.«

Er sah die Liste an und schien sie noch mehrmals zu lesen.

»Daran hatte ich ja auch gedacht«, sagte er dann leise.

»An die Liste?«

»Nein, daran, dass eine große Veränderung nötig ist.«

Während Papa mir Ausflüchte darüber servierte, warum er weggefahren war, und von den langen Wanderungen über die Strände von Mallorca erzählte, dachte ich auf einmal an den Tag, als Papa, Ida und ich Angeln gewesen waren. Wir hatten nichts gefangen, ich glaube, er hatte die Haken vergessen. Als wir auf dem Heimweg an einem Fischgeschäft vorbeikamen, kaufte er den größten Lachs, den sie dort hatten. Danach machten wir Bilder von mir und Ida, die den Fisch festhielten, und nahmen das Foto als Weihnachtskarte. Nicht, dass wir viele Weihnachtskarten verschickt hätten, aber eine stand auf dem Kamin, darauf waren wir mit dem riesigen Lachs, und ich dachte, dass nicht viele Papas auf solche Ideen kommen.

»Da ist noch was«, sagte ich und unterbrach Papa mitten in seinem Gerede über die Liebe, das Meer und die Frauen.

»Ja?«

»Ich will, dass wir ein Foto für eine Weihnachtskarte machen.«

»Jetzt?«

»Ja, wir müssen nur vorher Ida bei Isabell abholen. Und dann musst du die Weihnachtskarten an alle Frauen schicken, die du im vergangenen Jahre kennengelernt hast.«

Ich hätte auch »alle Frauen, denen du nie von uns erzählt hast« sagen können, aber das tat ich nicht. Er schaute mich an, als ob er nicht richtig gehört hätte, aber dann öffnete sein Mund sich zu einem Lächeln.

»Ich glaube, ich weiß, wo wir dieses Foto machen können.«

Ein total genialer Tag

Einige Tage sind seltsam und schön zugleich. Dieses wurde so ein unklarer Montag. Einer, bei dem ich mich ein wenig vor dem Auswürfeln fürchtete.

Papa war wieder zu Hause und ich wusste nicht, ob ich froh oder wütend sein wollte. Wir fuhren zu Isabell und zuerst redeten sie miteinander, als hätten sie Eiszapfen im Mund. Isabell erklärte ihm mit sehr vielen Worten und überaus lauter Stimme, was er doch für ein Idiot sei.

»Wenn ihr euch streitet, denn geh ich«, sagte Ida.

»Und ich fang an zu rauchen.«

Da schmolz das Eis und Papa bat auf vierzehn unterschiedliche Weisen um Entschuldigung. Über Isabells Gesicht liefen kleine Tränen und sie nannte ihn Goldi. Papas Augen waren so blank, dass man sich darin spiegeln konnte. Am Ende wurde alles so harmonisch, dass Ida und ich auf den Balkon hinausgingen. Ich erzählte ihr von der Liste, mit der Papa einverstanden war.

»Glaubst du, er wird halten, was er versprochen hat?«, fragte sie.

»Wenn nicht, dann ziehen wir aus.«

»Abgemacht«, sagte sie und hielt mir die Hand hin.

Ich schüttelte meiner kleinen Schwester sonst ja nicht die Hand, aber diese Abmachung kam mir wichtig vor. Wenn Papa sich nicht zusammenriss, konnte er genauso gut allein wohnen.

»Du bist ein guter großer Bruder«, sagte Ida.

»Ich bin ein schlechter Koch.«

»Du bist aber trotzdem gut.«

»Ich lese dir vor dem Einschlafen nichts vor.«

»Du bist trotzdem gut.«

»Ich gehe nicht mit dir ins Schwimmbad und spiele abends nicht mit dir Halma. Und ich lüge alle Welt an.«

»Dann bist du eben ein ziemlich brauchbarer großer Bruder.«

»Das finde ich gut.«

Es war so ein Moment, den man filmen müsste. Etwas, das man an einem miesen Tag ablaufen lassen kann, um sich an die guten Tage zu erinnern. Ich drückte Ida an mich und dachte, das müssten einigermaßen brauchbare große Brüder häufiger machen.

Danach gingen wir alle vier in die Eisdiele und bestellten den größten Becher, den sie hatten – mit Streuseln. Papa und Isabell gingen Hand in Hand. Er nahm sonst nicht einmal Ida an die Hand. Isabell gab mir ihr Handy und ich rief Liv an, die sagte, dass sie ein Eis niemals ablehnte. Als Papa und Isabell gerade beschäftigt waren, rief ich Rolf an und fragte, ob er mit Guri zu einem kleinen Dreifach-Eis-Date kommen wollte. Danach rief ich Fredrik an und sagte, mein Vater gäbe eine Runde Eis für alle aus. Fredrik wollte allen Bescheid sagen.

Auf eine Serviette zeichnete ich mein Leben vorher und nachher.

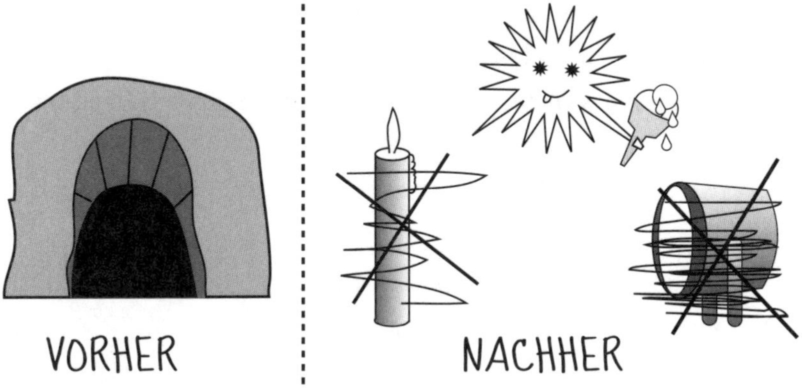

Ich versteckte die Serviette in meiner Hosentasche, als Liv zur Tür hereinkam.

»Wie schön, dass du Zeit hast!«

Ich stellte sie als meine Freundin vor und sagte, Isabell und mein Vater seien vielleicht zusammen. Danach kamen die anderen zu zweit und zweit. Rolf und Guri. Fredrik und Ahmed, und am Ende Aksel und Thomas.

»Das ... das hat ja doch gestimmt«, sagte Ida überrascht und sah zuerst Liv und dann meine Kumpels an.

»Da ist ja wohl allerlei passiert, als ich verreist war«, fügte Papa hinzu.

»Was war deine Weihnachtskartenidee?«, fragte ich.

»Eigentlich hatte ich gedacht, wir könnten uns beim Metzger ein ganzes Schwein ausleihen. Als eine Art Nachfolger für den Fisch. Aber jetzt habe ich mir die Sache anders überlegt.«

»Willst du keine Weihnachtskarte machen?«

»Doch, aber ich finde, wir sollten alle zusammen auf der Karte sein.«

Wir gingen zum Fotografen unten im Einkaufszentrum. Er hatte eine Viertelstunde Zeit bis zum nächsten Kunden und ging mit uns in sein Studio, wo wir die irrsten Grimassen aller Zeiten schnitten.

»Wir müssen auch eine an Mama schicken«, sagte ich zu Papa.

»Jetzt müssen alle ›mies‹ sagen«, verlangte der Fotograf.

»Mies!«, riefen wir, mit gaaanz langem i.

Als wir hinausgingen, bat ich alle, stehenzubleiben. Vielleicht hatte ich Angst, dass jetzt noch alles schiefgehen würde? Oder war es möglich, dass es mir im Blut lag, mit anderen Jux zu machen? Dass ich eben so war?

»Ich hab eine Idee!«

»Yes!«, rief Aksel. »So ist das richtig!«

Ich hatte die Zeit beim Fotografen genutzt, um mir alles zu überlegen. Und jetzt beschrieb ich zur Begeisterung der anderen meine Idee. Sogar Papa machte mir ein Kompliment. Alle schienen an diesem Tag besonders aufgekratzt zu sein.

Wir gingen zum Haushaltswarenladen. Während die anderen draußen warteten, ging ich hinein und trat vor die Kasse.

»Ich habe gehört, Sie haben Teigschaber im Sonderangebot. Ich hätte gern zwei«, sagte ich.

Die Frau hinter dem Tresen wirkte ein wenig verwirrt.

»Teigschaber? Nein, so was führen wir nicht einmal.«

»Ach, wirklich nicht? Das ist aber schade. Dann schau ich mich noch kurz um.«

Die Verkäuferin runzelte verwirrt die Stirn. Ich lief umher und schaute mir die Regale an, als Fredrik hereinkam.

»Darf man so viele Teigschaber kaufen, wie man will?«, fragte er.

»Ob man das darf? Äh, nein, wir führen leider keine Teigschaber«, sagte die Verkäuferin.

Fredrik blieb ebenfalls im Laden, tat aber so, als sei ich ihm unbekannt. Jetzt kam Isabell herein.

»Gibt's noch die Teigschaber aus dem Sonderangebot?«, fragte sie.

»Wer hat Ihnen denn von diesen Teigschabern erzählt?«, fragte die Verkäuferin.

»In der Zeitung war eine große Anzeige.«

»Und ich hab es im Internet gesehen«, sagte ich.

Dann kam Rolf herein. »Haben diese Teigschaber einen langen oder kurzen Griff?«

»Nein, nein, wir haben keine Teigschaber«, sagte die Verkäuferin verzweifelt.

»Aber ich habe doch in der Post eine Werbung für diesen Teigschaberausverkauf bekommen«, rief er.

Danach kam Liv herein.

»Meine Mutter liegt im Sterben und ihr letzter Wunsch ist ein Teigschaber«, sagte sie.

Dann erschien Papa. »Sie haben nicht zufällig einen Käsehobel?«

»Käsehobel? Doch, doch, das haben wir. Natürlich haben wir das«, sagte die Frau glücklich.

»Ach nein, ich glaube, ich nehme lieber einen Teigschaber. Sie haben doch sicher welche?«

Und so machten wir weiter, bis alle vor der Kasse standen und nach Teigschabern schrien. Liv und ich gingen in den Schreibwarenladen und kauften drei große Plakate und einen schwarzen Filzstift.

»Wir fordern billige Teigschaber!«, schrieben wir darauf und liefen vor dem Ladeneingang hin und her. Am Ende musste die Frau den Laden dicht machen und versprechen, am nächsten Tag billige Teigschaber im Angebot zu haben.

Ich weiß es ja. Es war ziemlich gemein der armen Verkäuferin gegenüber. Aber es war das Witzigste, was ich seit vielen Jahren zusammen mit Papa gemacht hatte. Die Frau war nur zur falschen Zeit am falschen Ort, aber irgendwie muss man doch damit rechnen, dass einem so was mal passiert.

Ich habe übrigens eine Übersicht darüber aufgestellt, wie groß dieses Risiko ist.

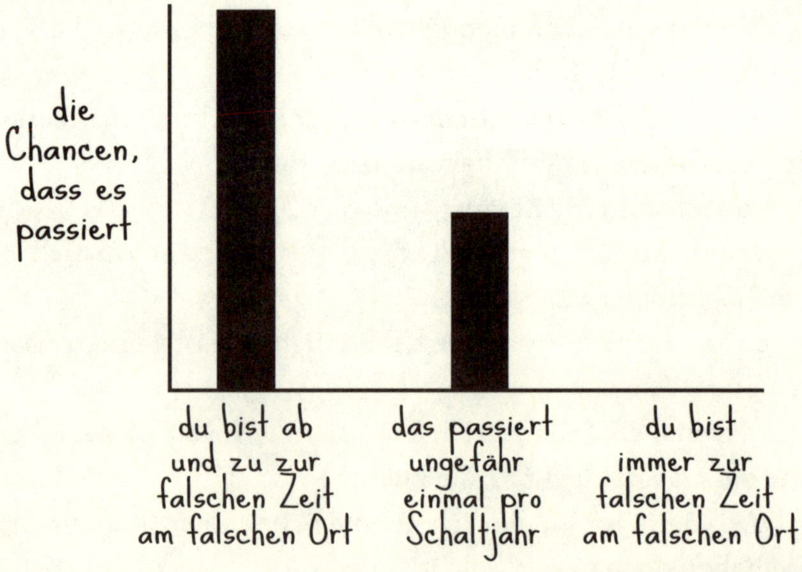

Alle kamen mit uns nach Hause und Cecilie hämmerte noch wütender gegen die Wand als sonst. Ich ging hinüber und klingelte an ihrer Tür.

»Papa will Sie offenbar doch nicht«, sagte ich, als sie öffnete.

»Ich weiß.«

»Aber er hat jedes Wort ehrlich gemeint. Auf ihn ist nur kein Verlass.«

»Das habe ich verstanden.«

»Vielleicht sollten Sie sich einen anderen suchen.«

»Das ist nicht so leicht.«

»Darf ich Ihnen vielleicht helfen?«

Sie zögerte.

»Wie willst du das denn schaffen?«

»Wenn Sie mit zu uns nach drüben kommen, können Sie mit einem gewissen Rolf und seiner Freundin sprechen. Die können Ihnen etwas über mein Spezialgebiet erzählen.«

»Ich soll ... mit zu euch kommen?«

»Wir haben Chips.«

Wieder zögerte sie.

»Und wenn Sie mitkommen, können wir doch so laut sein, wie wir wollen.«

Ihr Mund öffnete sich zu einem widerwilligen Lächeln.

»Na gut. Ich zieh mich nur schnell um und trag ein bisschen Make-up auf.«

»Das ist nicht nötig«, sagte ich und zog sie mit mir.

Wir hatten noch nie ein Fest gefeiert. Und jetzt hatten wir eins an einem Montag. Es gab einen etwas peinlichen Augenblick, als Cecilie entdeckte, dass Isabell mit Papa zusammen war, und ihr Saft ins Gesicht kippte. Isabell schlug

Cecilie mit der flachen Hand, während Cecilie Papa mit einem Schuh bewarf und Isabell eine Handvoll Haare ausriss. Am Ende rief ich mit sehr kräftiger Stimme, sie sollten sich gefälligst zusammenreißen, und nach einer Quengelrunde hatten sich plötzlich alle lieb. Dann sangen wir ABBA-Lieder und es klang herrlich scheußlich.

Plötzlich ging die Türklingel und ich befürchtete schon noch mehr wütende Nachbarn, aber als ich aufmachte, stand draußen die Rektorin. Sie wirkte weder wütend noch verrückt. Vor allem wirkte sie schrecklich traurig.

»Hallo«, sagte sie kleinlaut. »Ist dein Vater zu Hause?«

Ich wollte schon sagen, dass Papa nach Mallorca ausgewandert sei, aber da stand er bereits hinter mir und legte mir eine Hand auf die Schulter.

»Sind Sie nicht …?«, begann er.

»Doch, ich bin das. Wegen neulich«, sagte die Rektorin und ich konnte sehen, wie eine peinliche Hitze sich in ihrem Gesicht ausbreitete.

»Möchten Sie hereinkommen?«, fragte Papa.

»Sie hat furchtbar dreckige Schuhe«, sagte ich.

Sie achteten nicht auf mich. Dann stand die Rektorin im Gang und schaute unsicher zu Papa hoch.

»Geht es um Håkon?«, fragte Papa.

Warum musste das gerade an diesem Tag passieren? Wo doch alles so gut gegangen war. Isabell und Cecilie kamen dazu und sahen Papa fragend an. Ich hätte die Rektorin gern aus der Wohnung geschoben.

»Ich wollte nur sagen, dass …«, fing sie an. »Dass aus uns nichts werden kann.«

Papa starrte sie an.

»Na gut, dann nicht«, sagte er und seine Augen jagten hin und her. »Das ist … gut zu wissen.«

»Das wollte ich nur sagen«, sagte sie, ging hinaus und verschwand im Treppenhaus.

»Ach, na ja, das ist wirklich gut, so etwas zu wissen«, sagte Papa zu mir. Er hätte sich auch gleich ein Fragezeichen auf die Stirn tätowieren lassen können. »Da brauche ich nicht an sie zu denken. Nicht, dass ich das jemals getan hätte, aber …«

Isabell lächelte ihn an. Papa zuckte mit den Schultern.

Es war so ein Tag. Sogar Skandale vergingen von selbst. *Das Glück kommt zu denen, die es verdienen.* Ich bin nicht sicher, wer das gesagt hat. Vielleicht war es Gustav Gans, was weiß ich. Aber an diesem Tag stimmte es. Oma rief auch noch an und sagte, es gehe ihr hervorragend.

Der Rest des Abends sah ungefähr so aus:

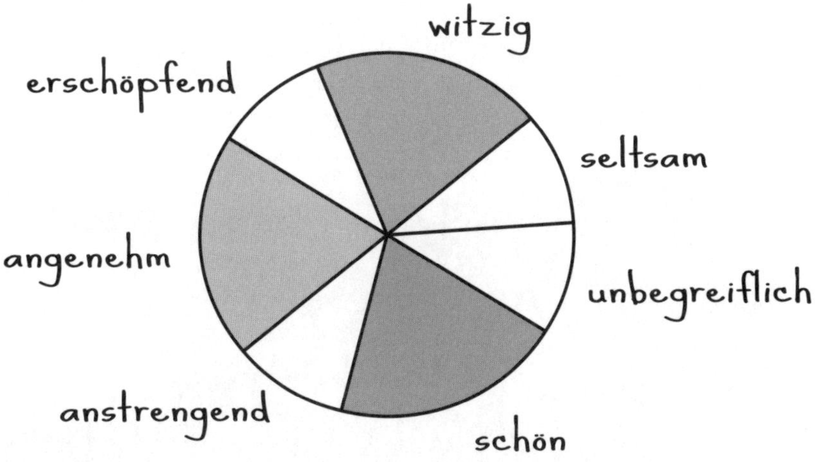

Am Ende würfelte ich den Tag aus. Ich hatte nicht eine Sekunde Zweifel.

In den wenigen Minuten, ehe ich angezogen einschlief, konnte ich drei wilde Ideen aushecken, zwei schöne Gedanken über Papa denken und ziemlich sicher sein, dass nichts in meinem Leben wieder so werden würde wie früher. Außerdem küsste Liv mich auf die Wange und sagte gute Nacht. Als ich einschlief, hatte ich den Arm um sie gelegt.

Arne Svingen wurde 1967 in Oslo geboren. Er hat als Journalist gearbeitet, ist aber seit seinem Debüt als Schriftsteller 1999 längst so erfolgreich, dass er sich ganz aufs Schreiben konzentrieren kann. Arne Svingen wurde mit verschiedenen Preisen ausgezeichnet. *Ein ganz schön starker Plan!* ist sein erstes Buch im Boje Verlag.